Knaus
K

Jordi Soler

Das Bärenfest

ROMAN

Aus dem Spanischen
von Peter Kultzen

Knaus

Die Originalausgabe erschien 2009 unter dem Titel
»La fiesta del oso« bei Editorial Mondadori, Barcelona.

MIX
Papier aus verantwortungsvollen Quellen
FSC® C014889

Verlagsgruppe Random House FSC-DEU-0100
Das für dieses Buch verwendete
FSC®-zertifizierte Papier *EOS*
liefert Salzer Papier, St. Pölten, Austria.

1. Auflage

Satz: dtp im Verlag aus der Sabon
Druck und Bindung: Friedrich Pustet KG, Regensburg
ISBN 978-3-8135-0387-6
Printed in Germany

www.knaus-verlag.de

Denn auf dem Berg war niemand,
nur die letzten Sterne,
und die Luft war ein endloser Albtraum.

Gonzalo Rojas

Who was waiting there
who was hunting me.

Leonard Cohen

Teil I

I

So viel ist bekannt: Als die erste Bombe explodierte, raste ihr Widerhall wie ein wildes Tier unter seiner Pritsche hindurch, um gleich darauf, in ein sich ebenso rasch selbst verzehrendes Licht umgewandelt, an den Wänden emporzuflammen und in einem letzten Aufblitzen an der Decke zusammenzuschießen. Angesichts dieser und der vier folgenden Explosionen sagte sich Oriol, dass wohl kaum Hoffnung für ihn bestand, sich noch einmal von der Pritsche erheben zu können. Eine Viertelstunde später hatte Oriol seine schwarzen Gedanken in gewisser Hinsicht weitergesponnen: Wenn er sich in der Aufregung nicht täuschte, gingen die Bomben über dem Hafen nieder, während er sich am Rand der Ortschaft befand, ein ziemliches Stück entfernt, in einem Schuppen, der als Behelfslazarett diente, und dass der Feind das Lazarett verschonte, konnte durchaus sein. Schon seit mehreren Wochen steckten ihm Granatsplitter in einer Pobacke, und die Wunde, die ein Arzt noch auf dem Schlachtfeld behelfsmäßig versorgte, hatte sich entzündet und drohte, bald in akuten Wundbrand umzuschlagen. In jedem Fall hatte sie ein nicht nachlassendes heftiges Fieber hervorgerufen, das Letzte also, was man inmitten eines Bombardements brauchen konnte. Schlimmer ging es eigentlich nicht mehr, schließlich war der Krieg verloren, und Oriol wollte sich bloß noch nach Frankreich absetzen, um sich vor den rachedurstigen Franquisten in Sicherheit zu bringen, die sie aus der Luft mit Bomben bewarfen und ihnen zu Lande unerbittlich auf den Fersen waren. Am einfachsten wäre es vielleicht gewesen, Oriol hätte sich an seinen ursprünglichen Gedanken geklammert, hätte eingesehen, dass kaum Aussicht darauf bestand zu überleben, hätte sich in sein Schicksal gefügt und aufgehört, sich Sorgen um eine Zukunft zu machen, die nur noch kurz und jämmerlich sein konnte. Wahrscheinlich endete diese Zukunft ohnehin mit der Explosion der nächsten Bombe, jedenfalls war es müßig, sich in einer Lage wie der seinen irgendwelchen Träumereien hinzugeben. Bekannt ist auch, dass Oriol, als feststand, dass der Krieg nicht mehr zu gewinnen war, seine Frau in Barcelona zurückgelassen hatte und zusammen mit seinem Bruder von Pontius zu Pilatus gelaufen war, um irgendwo eine Möglichkeit aufzutun, aus Spanien zu fliehen, bis er, als sich seine Wunde immer mehr entzündete, in dem Schuppen Zuflucht nahm, wo er in Gesellschaft von fünfundneunzig republikanischen Soldaten auf Heilung hoffte. Die Männer lagen wie er auf Pritschen oder unmittelbar auf dem Boden, manche eines oder gleich mehrerer Körperteile beraubt – einer Hand, eines Arms, eines Beins, eines Auges –, ein schrecklich zugerichtetes Bataillon schwerstkranker, wenn nicht im Sterben liegender Soldaten. Diesen Soldaten stand so gut wie keine Medizin zur Verfügung, und sie durften bei niemandem auch nur auf das geringste Mitleid hoffen. Bei ihnen befand sich ein Arzt, der tat, was er konnte. Nach dem ersten Bombenangriff und all den immer wieder ebenso rasch an den Wänden emporflammenden wie sich selbst verzehrenden Lichtblitzen versprach er den verzweifelten Soldaten, dass bald ein Bus kommen und sie alle in ein französisches Krankenhaus bringen würde, wo sie vor jeglicher Verfolgung geschützt wären und sich mit Hilfe einer ganzen Schar von Ärzten, die genau wüsste, was im Fall jedes Einzelnen von ihnen zu tun war, erholen könnten. So lange schilderte der Arzt ihnen ihre in makelloses Weiß gekleideten, lächelnden Helfer, dass die Insassen des stinkenden Behelfslazaretts sie irgendwann tatsächlich vor sich zu sehen glaubten. Doch der Arzt, der all das versprach, war gar kein Arzt, sondern ein Krankenpfleger aus einer Klinik in Figueras, dem man, bevor man die Rechnung aufmacht, wie vielen Verletzten ein richtiger Arzt mit der entsprechenden Erfahrung das Leben hätte retten können, zugutehalten sollte, dass er diesen Männern vor allem helfen und zur Seite stehen wollte. Andernfalls hätten ihnen nicht einmal seine rudimentären medizinischen Kenntnisse zur Verfügung gestanden, wie sie auch um die Hoffnung auf das Eintreffen des Busses gebracht worden wären, an die sie sich, zumindest in den Pausen zwischen den Bombardements, klammern konnten, um sich eine Zukunft ohne dröhnende Explosionen und grell aufleuchtende Blitze auszumalen. Wie gesagt, einfacher wäre es vielleicht gewesen, Oriol hätte sich an seinen ursprünglichen Gedanken geklammert, schließlich wäre es nur normal gewesen, auf dieser Pritsche zu sterben, die immer wieder unter der Druckwelle der Bomben erzitterte, die auf Port de la Selva niedergingen, viel einfacher jedenfalls, als weiter in Richtung Frankreich zu fliehen. Denn da war nicht nur seine Verwundung, die allein schon ausreichte, um ihm das Leben unerträglich zu machen, sondern es war auch Anfang Februar 1939, was bedeutete, dass außerhalb des Schuppens, unter dem freien Himmel, von dem unaufhörlich die Bomben der Franquisten fielen, eine Kälte herrschte, mit der er es keinesfalls aufnehmen wollte. Doch Oriol erfand mehrere Ausreden, die es ihm untersagten, seinen Gefühlen zu folgen und sich einfach aufzugeben und in sein Schicksal zu fügen: Da war seine Frau in Barcelona, die wollte, dass er weiterlebte, und sein Bruder Arcadi, der ihn in dem Schuppen zurückgelassen hatte, weil er sich nicht mehr um ihn kümmern konnte. Er hatte Arcadi aber versprechen müssen, dass er sich anstrengen und den Bus besteigen werde, der am nächsten Tag kommen und ihn über die Grenze bringen werde, wo Arcadi ihn erwartete. Die Aussicht auf das Eintreffen des Autobusses muss, wie ich einige Zeilen zuvor bereits angedeutet habe, den Verletzten Mut gemacht haben, zumindest denen, die sich noch in irgendeiner Weise verständlich machen konnten oder wenigstens mitbekamen, was vor sich ging. Andere dagegen hatten schon seit Tagen die Augen nicht mehr aufgemacht, weil sie sich ganz darauf konzentrieren mussten, den Kampf gegen ihre Verwundung zu bestehen und nicht der Fäulnis anheimzufallen, die sich anschickte, sie bei lebendigem Leib aufzufressen. Allerdings ist »Mut machen« vielleicht doch nicht ganz der richtige Ausdruck, wenn von einem Schuppen voller Sterbender die Rede ist, in dem sich lautes Stöhnen mit dem durchdringenden Gestank vergammelter Salbenverbände und den Pestschwaden fauligen Fleisches und offener Wunden mischt. Bestenfalls war dieser Bus also das Teil, das eine Konstruktion vor dem endgültigen Einsturz bewahrt. Bei Anbruch des folgenden Tages herrschte im Innern des Schuppens tödliche Stille, und das Licht der ersten Sonnenstrahlen, die durch die Ritzen zwischen den Brettern drangen, war trüb, weil die Bomben draußen tonnenweise Erde aufgewirbelt hatten, genau genommen handelte es sich weniger um Licht als um eine Art Querschnitt, Bodenprobe, Muster der ringsum zerstörten Landschaft – gewissermaßen um die Essenz dessen, was am Ende übrig bleibt: Staub. Beim Anblick der ersten trägen Strahlen beendete der Arzt seine Nachtwache und machte sich davon, und je weiter sich das Licht im Lauf des Vormittags in dem Schuppen ausbreitete, desto mehr erhärtete sich der Verdacht der verletzten Soldaten, dass kein anderer Arzt kommen und ihn ablösen werde; und dass – sosehr sie sich auch gegen den Gedanken sträubten – ebenso wenig der angekündigte Bus eintreffen werde, schien irgendwann ebenfalls nicht mehr undenkbar. Gegen Mittag stemmte ein Mann mit einem dick verbundenen Kopf in einer Uniform, die noch abgerissener wirkte als die der meisten seiner Schicksalsgenossen, mithilfe seiner Krücke die Tür des Arztzimmers auf – im Schuppen schrie jemand so verzweifelt, dass der Mann, und möglicherweise nicht nur er, davon fast verrückt geworden wäre. Andererseits hatten sich sämtliche Insassen des Schuppens zu diesem Zeitpunkt und angesichts der niederschmetternden Gewissheit, dass man sie im Stich gelassen hatte, ohnehin längst der völligen Mutlosigkeit und Willenslähmung hingegeben; das Nichterscheinen des Busses hatte, wie vorauszusehen, den endgültigen Zusammenbruch herbeigeführt und ausnahmslos alle mit so maßloser Verzweiflung erfüllt, dass die Klage eines Einzelnen darüber bloß noch wie lästiges Gemurmel erschien. Trotzdem beschaffte sich der Mann, der sich anders als die anderen noch nicht komplett aufgegeben hatte, im Arztzimmer eine mit Morphium gefüllte Spritze, die er dem verzweifelt Schreienden verabreichte, um anschließend zurück ins Arztzimmer zu humpeln und dort so lange an dem Radio herumzufummeln, bis er in Erfahrung gebracht hatte, dass der Krieg tatsächlich verloren war und kein Arzt den voraus- beziehungsweise fortgegangenen ablösen würde. Es würde auch weder einen Bus geben, um über die Grenze nach Frankreich zu fliehen, noch eine Schar in makelloses Weiß gekleideter Helfer, die sie dort bereits erwartete. Bekannt ist, dass der Mann mit dem dicken Verband und der Krücke Rodrigo hieß und ein wackliges Bänkchen bestieg, um seinen Schicksalsgefährten, die ihn teilnahmslos aus dem Jenseits betrachteten, zu berichten, was er gerade im Radio erfahren habe, und anschließend einen Vorschlag zu unterbreiten, einen Fluchtplan, der so verzweifelt wie aussichtslos war. Wenigstens aber sollte er dafür sorgen, dass die Franquisten, die kurz davorstanden, Port de la Selva zu erreichen, sie nicht zu fassen bekamen. Sein genialer Plan bestand schlicht und ergreifend darin, auf den Rot-Kreuz-Laster zu klettern, der vor dem Schuppen stand. Auf die dazugehörigen Schlüssel war der Mann bei der Suche nach den Morphiumampullen gestoßen; jetzt brachte er den Bund zum Erklingen, indem er ihn seinem wenig überzeugten Publikum von der Höhe des Bänkchens aus entgegenhielt und triumphierend hin und her schwenkte. Bekannt ist, dass sich ihm an die zwanzig Mann anschlossen, unter ihnen Oriol. Die Übrigen, soweit sie überhaupt noch am Leben und in der Lage waren, irgendwelche Entscheidungen zu treffen, zogen es vor, auf die Ankunft der feindlichen Soldaten zu warten. Das tragische Häuflein verteilte sich, einer spontan gebildeten Rangordnung folgend, über den Lastwagen; die am schwersten Verletzten, oder die Rücksichtslosesten, auf Sitzen und Bänken, der Rest, je nach Stärke ihrer Schmerzen und ihrer Transportfähigkeit, stehend oder auf dem Boden kauernd. Oriol nahm mit der unverletzten Pobacke am Rand einer Sitzbank Platz, darauf bedacht, dass die unaufhörlich nässende Wunde nicht mit dem Bein seines Nebenmanns in Berührung kam; zum einen wäre es ihm peinlich gewesen, dort Flecken zu hinterlassen, vor allem aber durchfuhr ihn schon beim leisesten Druck ein unerträglicher Schmerz. Dass er im Lastwagen einen solch bevorzugten Platz hatte einnehmen können, hatte nichts mit der erwähnten Rangordnung zu tun, es war vielmehr einzig und allein dem Zufall geschuldet. Dort, wo er jetzt war, hatte er sich niedergelassen und nicht mehr von der Stelle gerührt, auch wenn er nicht als sehr schwer verletzt, allerdings auch keineswegs als dreist und rücksichtslos eingestuft werden konnte. Schließlich war Oriol, wie ein großer Teil derjenigen, die auf diesem Lastwagen nach Frankreich fliehen wollten, eher zufällig Soldat geworden; er hatte seine Pianistenlaufbahn unterbrochen, um in den Krieg zu ziehen, er war ein normaler, durchschnittlicher Mensch, weder besonders mutig noch feige, eigentlich auch kein Abenteurer, dafür aber als halbwegs kräftig zu bezeichnen, doch wie viel Schmerzen und Unglück er aushalten konnte, hatte er erst im Lauf des Krieges herausgefunden. Wie so viele der Soldaten, die sich freiwillig den republikanischen Truppen angeschlossen hatten, taugte Oriol also eigentlich nicht fürs Kriegshandwerk, er war Musiker, Sohn eines Journalisten, der sich ebenfalls den kämpfenden Republikanern angeschlossen hatte, und der Bruder von Arcadi, der ihn, in der Hoffnung, eines Tages nach Spanien zurückkehren und sein Jurastudium beenden zu können, auf der anderen Seite der Grenze erwartete. Rodrigo ließ sich am Steuer des Lastwagens nieder und versuchte, schwerverletzt, wie er war, aufs Geratewohl die französische Grenze zu erreichen. Obwohl das Ziel nicht weit entfernt lag, war es nahezu unmöglich, auf den Landstraßen vorwärtszukommen, alles war überfüllt mit Personenkraftwagen, Lastwagen, Bussen, Pferdewagen oder Ochsenkarren und Leuten zu Fuß, die sich einen Großteil ihres Hausrats aufgeladen hatten, um zusammen mit ihren Kindern und Tieren aus Spanien zu fliehen. Rodrigo stammte aus Besalú und kannte sich in diesem Teil der Pyrenäen sehr gut aus, weswegen er den Versuch unternahm, auf Seitenstraßen auszuweichen, was die Flucht in eine Irrfahrt verwandelte, bei der sie, kaum dass sie höher gelegenes Gebiet erreichten, auf Schnee stießen. Für die Mitreisenden wurde die Fahrt zum Albtraum; bei jedem Schlagloch, jedem neuen grob gepflasterten Feldweg, den der Laster in Angriff nahm, wurden sie heftig durch- und gegeneinander geworfen, erst recht, wenn es rücksichtslos querfeldein ging, was mehrfach vorkam. So ging es, bis der Laster bei einem weiteren solchen halsbrecherischen Abstecher, irgendwo an einem Bergabhang zwischen Beget und Rocabruna, in einen Graben rutschte, der unter dem Schnee nicht zu sehen gewesen war. Mühsam kletterten die Männer aus dem Fahrzeug, das mit der Schnauze in dem Graben steckte, während das Gehäuse selbst Schlagseite hatte. Der Fahrzeugboden hatte sich so in eine Rutschbahn verwandelt, was nicht nur manchen der Verletzten in eine äußerst unbequeme Lage brachte, drei oder vier von ihnen waren vielmehr bereits Richtung Führerhaus geschlittert. Zuletzt schafften sie es aber doch, sich gegenseitig hinauszuhelfen, wo sich sogleich die Frage stellte, was mit denen geschehen solle, die nicht mehr gehen konnten. Manche dachten auch weniger menschenfreundlich und machten sich unverzüglich bergaufwärts davon, Richtung französische Grenze oder wenigstens zu einem Punkt, der möglichst weit weg von den sterbenden Kameraden war, von denen sie nichts mehr wissen wollten – der Krieg war verloren, niemand würde jetzt noch verfolgt, geschweige denn ausgezeichnet, also blieb ab sofort alles dem Gewissen jedes Einzelnen überlassen. Oriol gehörte zu denen, die es geschafft hatten, selbstständig vom Laster zu klettern, und für ihn war es eine Frage des

Anstands, denjenigen beizustehen, die dazu nicht in der Lage waren, auch wenn er bei jedem Schritt bis zu den Knien im Schnee versank und sich sehr wohl bewusst war, dass jede Sekunde, die er für die Rettung seiner Kameraden verwendete, seine Aussichten minderte, lebend bis nach Frankreich zu gelangen. Die Kälte, die von seinen Füßen aufstieg, und die dicken Schneeflocken, die von oben auf ihn herabfielen und erbarmungslos seine Kleidung durchnässten, ließen das Fieber nochmals heftig ansteigen, bis er so sehr mit den Zähnen klapperte und vom Schüttelfrost gepackt wurde, dass er kaum noch etwas zu den Hilfsbemühungen der anderen beitragen konnte, als ob es nicht schon gereicht hätte, dass jemand wie er, der selbst dringend Unterstützung benötigt hätte, anderen Beistand leistete. Dazu kam der Schock, den es ihm versetzt hatte, als er, kaum war er vom Lastwagen gestiegen und zum ersten Mal im Schnee versunken, an seinem verletzten Bein keinerlei Kälte verspürte, gar nichts, genauer gesagt, was nur bedeuten konnte, dass dieser Teil seines Körpers bereits abgestorben war und er ihn dennoch über den Berg würde mitschleppen müssen. Ich weiß nicht, ob Oriol das damals tatsächlich in dieser Weise für sich formuliert hat, mir erscheint sein abgestorbenes Bein jedenfalls durchaus als tragfähige Metapher dessen, was sich in diesem Augenblick abspielte: Wenn man so will, schleifte Oriol an diesem bitterkalten Wintertag des Jahres 1939 den Leichnam Spaniens hinter sich her. Rodrigo, der keineswegs zu den am wenigsten schwer Verletzten gehörte, dafür aber immer noch der Zuversichtlichste von allen war, kletterte in den Lastwagen zurück und schlang denjenigen, die sich nicht mehr selbst von der Stelle bewegen konnten, ein Seil um die Hüften. Sie mussten schleunigst hinausgeschafft werden, denn auf dem Metallboden des Lastwagens war es eiskalt, noch kälter als draußen, und wenigstens diese Hilfe konnte man ihnen zuteil werden lassen, sosehr sie die Betroffenen auch zu gellenden Schmerzensschreien veranlasste. Schließlich konnte man sie nur aus dem Wagen befördern, indem man sie, notgedrungen ziemlich gewaltsam, über den Boden schleifte, was bei mehr als einem weitere Brüche und neue Wunden herbeigeführt haben dürfte. Auch Rodrigos verletztes Bein dürfte beim Kontakt mit dem Lastwagenboden zusätzlich gelitten haben, jedenfalls bin ich durchaus der Meinung, dass es eindeutig als Heldentat zu bezeichnen ist, wenn sich jemand in seinem Zustand um die Bergung von Verletzten kümmert. Zwei Soldaten blieben allerdings im Innern des Lastwagens. Der eine hatte die Hilfe zurückgewiesen, weil er sich schlichtweg zu schwach für eine solche Bergungsaktion fühlte, weshalb er es vorzog, sich in eine Decke hüllen zu lassen, um abzuwarten, bis sich das Wetter besserte oder jemand vorbeikam, der über weniger rudimentäres Hilfswerkzeug verfügte. Vielleicht – wahrscheinlich – war er ohnehin halb bewusstlos und wollte bloß noch in Ruhe gelassen werden. Wie auch immer, er blieb jedenfalls, wo er war, genau wie sein Nebenmann – der allerdings war tot; wahrscheinlich war er schon während der Fahrt gestorben, was in dem Moment bloß niemand bemerkt hatte. Erst Rodrigo fiel es auf, als er ihn um die Hüften packen wollte;

der Mann war steif wie ein Brett, und seine Gesichtszüge verrieten, dass das Leben schon vor einer ganzen Weile aus seinem Körper entwichen war. Trotzdem dürfte Rodrigo, in aller gebotenen Eile, erwogen haben, ihn in jedem Fall hinauszuschaffen und zu beerdigen, dann jedoch zu der Einsicht gelangt sein, dass sie so schnell wie möglich aufbrechen und die Ersteigung des Berges in Angriff nehmen mussten, schließlich verschlechterte sich das Wetter von Minute zu Minute, und es zogen sich immer dunklere Wolken zusammen. Oriol beteiligte sich bis zuletzt an den Bergungsarbeiten, auch wenn er bloß mehr oder weniger symbolisch mit am Seil zog. Danach schloss er sich den anderen an, die in einer Reihe hinter Rodrigo herliefen, der zu diesem Zeitpunkt zwar immer noch der Zuversichtlichste von allen war, sich aber längst nicht mehr so gut im Gelände zurechtfand wie zuvor, abgesehen davon, dass sein eindeutig als heldenhaft zu bezeichnendes Verhalten in der Tat zur Verschlimmerung seiner Beinverletzung geführt hatte. Bei jedem Schritt versank Rodrigos Krücke tief im Schnee, was das Tempo nicht gerade beschleunigte, und als sich der von ihm geführte Trupp gerade daranmachen wollte, die Ersteigung eines steilen Hangs in Angriff zu nehmen, verdichteten sich die dicken Flocken zu einem heftigen Schneetreiben, das sie zeitweilig den Boden unter den eigenen Füßen nicht mehr erkennen ließ. Bekannt ist, dass Oriol einem Mann mit Namen Manolo zur Seite stand, und das aus demselben Grund, der ihn zuvor veranlasst hatte, wenn auch eher symbolisch, mit am Bergungsseil zu ziehen: Es schien ihm eine Frage des Anstands.

Andererseits fragte er sich allmählich, ob ebendieser Manolo, statt sich durch seine, Oriols, Hilfe zu retten, ihn nicht ebensogut mit den Abhang hinunterreißen konnte. Mein Eindruck ist – obwohl ich damit wahrscheinlich jemand anderem meine eigenen Gedanken unterschiebe –, dass Oriol, während er so dem Schnee und dem Fieber trotzte und sich den immer steileren Hang hinaufkämpfte, sich irgendwann gefragt haben muss, ob der Anstand nicht vielmehr von ihm verlangte, dass er sich selbst rettete, ja, ob er sich nicht am Ende seiner Frau und seinem Bruder gegenüber unanständig benahm, wenn er sein Schicksal so mit dem eines gewissen Manolo verknüpfte, den er gar nicht kannte. Ihn bis auf den Grund der nächsten Schlucht zu begleiten, wäre ihm jedenfalls übertrieben vorgekommen. Aber was auch immer Oriol in diesem Zusammenhang wirklich gedacht und mit welch ausgeprägter Überzeugung er Manolo letztlich beigestanden haben mag – wenn man seinen Großmut bedenkt, die gewaltige Anstrengung, die es bedeutete, verletzt, wie er war, den Versuch zu unternehmen, einen anderen zu retten, spielt all das keine Rolle. Dafür entspricht es in seiner Großartigkeit dem Verhalten Rodrigos – beide hätten, so gesehen, weniger ihre Mitmenschen als vielmehr die Ehre des Menschengeschlechts überhaupt gerettet. Andererseits bestand durchaus eine enge Beziehung zwischen Oriol und dem Unbekannten an seiner Seite, gehörten sie doch beide derselben tragischen Bruderschaft an und hatten gemeinsam denselben Feind bekämpft und zuletzt den Krieg gegen ihn verloren. Oriol konnte nur mit großer Mühe mit Rodrigo mithalten, schließlich kam er kaum voran, da Manolo immer stärker aus dem Tritt geriet und sich immer mehr bei ihm abstützte, so dass es ihm, Oriol, immer schwerer fiel, nach jedem Schritt die Stiefel aus dem Schnee zu ziehen. Trotzdem schleifte er Manolo immer noch neben sich her, hatte allerdings irgendwann das Gefühl, er schleife den ganzen Berg mit. Trotz dieser gewaltigen Anstrengung und des Hundewetters konnte Oriol sich nicht die kleinste Verschnaufpause erlauben, durfte er Rodrigo doch um keinen Preis aus den Augen verlieren, wozu bei diesem Schneesturm schon ein einziger Meter Abstand gereicht hätte. Wie lange sie auf diese Weise den Berg hinaufgestiegen sind, weiß ich nicht, allzu weit können sie aber nicht gekommen sein, bekannt ist nämlich, dass sich Rodrigos Zustand schon bald merklich verschlechterte, der Schmerz in seinem Bein war unerträglich geworden, und das ständige Zerren an der im Schnee versinkenden Krücke hatte seine Kräfte aufgezehrt. Jedenfalls blieb er irgendwann schlagartig stehen und drehte sich um, und Oriol befiel Panik angesichts seines leeren Blicks, war darin von einem Weg, geschweige denn einem Plan zu ihrer Rettung doch nicht mehr das Geringste zu erkennen. Stattdessen wurde Rodrigos vereistes Gesicht im Rhythmus der Sturmböen immer wieder von einem losen Teil seines Verbandes bedeckt, wodurch im Gegenzug seine Kopfverletzung freigelegt wurde, die an einen hart gefrorenen Axthieb erinnerte. Oriol drehte sich seinerseits, Rodrigos Blickrichtung folgend, unwillkürlich um und stellte zu seinem noch größeren Entsetzen fest, dass niemand hinter ihm zu sehen war.

Alles, was von ihrem Häuflein Verwundeter übrig war, waren also Manolo, der den Versuch, sich von allein aufrecht zu halten, längst aufgegeben hatte, der völlig erledigte Rodrigo und er, Oriol selbst, der sich unversehens in den stärksten Mann am Platz verwandelt hatte, der Einzige, der noch imstande schien, den versprengten Rest der Nachhut des republikanischen Heeres voranzutreiben. Rodrigo machte mit dem tiefen Schnitt am Kopf und dem im Wind flatternden blutigen Verbandsfetzen einen so üblen Eindruck, dass Oriol sich sagte, wenn überhaupt, könne er bestenfalls noch Manolo zurate ziehen, um zu überlegen, wie es weitergehen solle. Als er daraufhin jedoch den Versuch unternahm, Manolo aufzurichten und ein Stück von ihm abzurücken, um ihn ansprechen zu können, musste er feststellen, dass sein Leidensgenosse tot war, was bedeutete, dass er ihn offenbar schon seit wer weiß wie langer Zeit so neben sich hergeschleift hatte. Unter dem immer noch völlig leeren Blick Rodrigos ließ Oriol Manolos Körper zu Boden gleiten, bettete ihn in den Schnee und fing an, ihm die Kleidung zurechtzuziehen, ihm Uniformjacke und Hemd zu richten, und mithilfe einer Handvoll Schnee brachte er einen hässlichen Blutfleck auf Manolos Gesicht zum Verschwinden. Bei all dem ging er mit großer Sorgfalt vor, als wollte er so den toten Körper bestmöglich für die Bestattung vorbereiten und das sie umgebende Chaos und die maßlose Wut des Berges beschwören. Als Manolos Leichnam schließlich einen geradezu ansehnlichen Eindruck machte, überlegte Oriol, ob er ihn an Ort und Stelle im Schnee begraben solle, doch schon im nächsten Augenblick war ihm klar, dass es vollkommen genügte, ihn einfach liegen zu lassen, der Sturm würde den Rest binnen weniger Minuten von selbst erledigen. Da riss ihn Rodrigos Stimme aus seinen Gedanken. Um den tosenden Wind zu übertönen, schrie dieser, so laut er konnte: »Den Ausweis!«, und noch etwas, was Oriol nicht verstand – vermutlich, dass sie die persönlichen Angaben des Toten brauchten, um seine Familie benachrichtigen zu können, woraufhin Oriol Manolos Taschen durchwühlte, bis er tatsächlich auf dessen Ausweis stieß. Zugegebenermaßen drückte sich in all dem ein bemerkenswerter Optimismus aus, wenn man bedenkt, was die beiden Männer, die ihrerseits dem Tod näher als dem Leben waren, in diesem Augenblick erwartete. Oriol steckte den Ausweis in seinen Tornister und ging zu Rodrigo, um diesem seine Pläne darzulegen, doch der schnitt ihm das Wort ab, kaum dass er zu reden begonnen hatte, und sagte seinerseits, er, Oriol, solle sofort aufbrechen und weiter den Berg hinaufgehen, er selbst werde später nachkommen; sobald Oriol oben sei, brauche er bloß noch auf der anderen Seite hinabzusteigen, dann sei er in Frankreich; sie seien außerdem schon ziemlich weit oben, die Pyrenäen seien hier nämlich nicht so hoch wie an anderen Stellen. Anschließend übergab er Oriol auch seinen Ausweis – »falls ich dich nicht einhole«. Daraufhin marschierte Oriol unverzüglich los, etwas anderes blieb ihm auch gar nicht übrig, denn verletzt, wie er war, musste er unbedingt die Zeit bis zum Anbruch der Dunkelheit nutzen, der Aufstieg würde ohnehin schwierig genug. Außerdem, nehme ich an, hatte ihn etwas in Rodrigos Augen, die ihn zwar nicht mehr völlig leer, deshalb aber noch lange nicht sehr lebendig anblickten, erkennen lassen, dass Rodrigo der Anstrengung überdrüssig war und sich lieber an Ort und Stelle seinem Schicksal ergab, ob es nun unerwartet ein glückliches Ende fand oder die Gestalt des Feindes oder einer Lawine annahm. Hier, wo alles den ungezügelten Kräften der Natur unterworfen war, hatte sich Oriols Hoffnungslosigkeit, der er sich auf der Lazarettpritsche noch widerstandslos ausgeliefert hatte, in unbändigen Überlebenswillen gewandelt, während Rodrigo den umgekehrten Weg genommen hatte: Dessen heldenhafter Vorsatz, sie alle über den Berg zu führen und zu retten, war auf halber Höhe zum Erliegen gekommen, woraufhin er folgsam zur Erde zurückgekehrt war und nun zuließ, dass ihn derselbe Schnee bedeckte, der eineinhalb Meter von ihm entfernt auch Manolo unter sich begrub. So, ergeben im Schnee sitzend, präsentierte Rodrigo sich jedenfalls Oriol, als dieser sich ihm ein letztes Mal näherte, weil Rodrigo ihm – laut schreiend: »Die brauche ich nicht mehr« – die Krücke entgegenhielt. Woraufhin Oriol umso bedrückter davongegangen sein muss, schließlich hätte sein Gefährte ihm kaum deutlicher zu verstehen geben können, dass er für sich keine Rettung mehr erhoffte. Was mich wiederum auf den verwirrenden Gedanken bringt, wie stark die Art unserer Beziehungen zu anderen Menschen oft von den Umständen abhängt, so dass ein für uns namen- und gesichtsloser Mensch innerhalb der wenigen Stunden, die wir mit ihm verbringen, wichtiger für unsere Biographie werden kann als andere, die uns fast das ganze Leben hindurch begleiten. Das behaupte ich hier so, weil es eine unbestreitbare Tatsache im Leben Oriols gibt: Jahrelang war uns nur deshalb bekannt, wie Oriols letzte Stunden verlaufen waren, weil in einem Brief Rodrigos davon berichtet wurde, was mehr als hinreichend beweist, wie wichtig Oriol für Rodrigo gewesen ist. Aber damit versuche ich schon wieder, zu viele verschiedene Dinge unter einen Hut zu bringen. Oriol sah, bald von Gewissensbissen gequält, bald von dem festen Entschluss gedrängt, so schnell wie möglich zu verschwinden, auf seinen Gefährten hinab, der sich aufgegeben hatte und ihm die Krücke hinhielt, die Oriol schließlich, vermutlich nicht, ohne sich zu bedanken, entgegennahm, um sich sodann umzudrehen und den ersten Schritt zu tun, mit dem er sich von Rodrigo entfernte, anschließend die Krücke in den Schnee zu bohren und daraufhin sein abgestorbenes Bein nachzuziehen. Als Oriol zum letzten Mal versuchte, den Gipfel des Berges in den Blick zu nehmen, war es später Nachmittag und das Sonnenlicht so schwach, dass es ihm kaum noch gelang, das dichte Schneetreiben zu durchdringen. Oriol muss sich einerseits von einer großen Last befreit, andererseits aber auch furchtbar einsam und verlassen gefühlt haben. Wie sehr er sich bewusst war, welche Rolle ihm zugefallen war, ob er sich tatsächlich darüber im Klaren war, dass er der letzte Mann vom letzten Trupp der Nachhut, der letzte Atemzug der spanischen Republik war, das letzte Überbleibsel einer Sache, die missraten war und nicht mehr existierte, weiß ich nicht. Wie viele Stunden Oriol gegen den Sturm ankämpfte, ist nicht bekannt, ebenso wenig, wie er zuvor überhaupt den ersten Teil des Anstiegs hatte bewältigen können, mit Manolo als bleischwerer Last an seiner Seite, einem abgestorbenen Bein und, zu diesem Zeitpunkt, weder einem Stock noch einer Krücke. Und über alles Weitere gibt es erst recht keine Gewissheit. Dennoch ist es uns gelungen, im Lauf mehrerer Jahrzehnte das Ende der Geschichte zu rekonstruieren, *ein* Ende wenigstens, das wir so oft wiederholten, dass es meiner Familie, mit Ausnahme meines Großvaters Arcadi, dabei half, irgendwann hinzunehmen, dass Oriol 1939 bei dem Versuch, nach Frankreich zu fliehen, gestorben war. Irgendwann war es damals jedenfalls so weit: Das letzte Sonnenlicht war von Schnee und Sturm verschluckt worden, und die Dunkelheit, Müdigkeit und die von der Wunde verursachten Schmerzen hatten Oriol gezwungen, haltzumachen und sich einen Unterschlupf zu suchen, in diesem Fall eine Höhle, wo er sich zusammenkauerte und, für immer, einschlief. Womit wir unserem Großonkel Oriol zugegebenermaßen ein recht gnädiges Ende zugestanden, hätte er doch ebenso gut in eine Schlucht stürzen oder von einem Wolf oder Bären gefressen werden können. In jedem Fall brauchte die Familie, wie schon gesagt, unbedingt ein Ende, um Oriol der anderen Welt übergeben zu können, und wenn es sanft ausfiel, umso besser. Mein Großvater Arcadi dagegen hatte seit ihrem Abschied im Februar 1939 in dem verdreckten Schuppen in Port de la Selva niemals den Gedanken aufgegeben, sein Bruder könne noch am Leben sein und wohne in Frankreich oder gar, eine Vorstellung, an der er mit an Wahnsinn grenzender Sturheit festhielt, in irgendeinem Land Südamerikas. Während der sechzehn Monate, die Arcadi im Internierungslager Argelès-sur-Mer hatte zubringen müssen, einem Stacheldrahtverhau, wo die französische Regierung die Anhänger der spanischen Republik einsperrte, die vor der Verfolgung durch die Franquisten hatten fliehen können, klammerte er sich unaufhörlich an die Vorstellung, im nächstbesten Augenblick werde Oriol erscheinen, hinkend und auf einen Stock gestützt, aber gerettet und, wie versprochen, durch die Behandlung in einem französischen Krankenhaus halbwegs wiederhergestellt. Im Lauf dieser sechzehn Monate blieb Arcadi mindestens einmal täglich fast das Herz stehen, sobald durch die Lautsprecheranlage Neuigkeiten angekündigt wurden; und wenn einer der Aufseher sich seiner Barracke näherte, war er jedes Mal aufs Neue überzeugt, der Mann sei erschienen, um zu fragen, ob einer von ihnen einen Bruder mit Namen Oriol habe. Als Arcadi das Lager endlich verlassen durfte, ging er ins Exil nach Mexiko, nach Veracruz, eine Rückkehr nach Spanien war ja ausgeschlossen. Und dort, am völlig zugewucherten Ende der Welt, befand er es für gut und richtig, La Portuguesa zu gründen, eine Kaffeeplantage, wo wir, dem Spanischen Bürgerkrieg sei Dank, einer nach dem anderen als seine Nachkommen das Licht der Welt erblickten, eine lange Reihe Heimatloser, die niemals richtig Wurzeln schlugen, weder Spanier noch Mexikaner, weder Veracruzaner noch Katalanen, und einer von ihnen bin ich. Bis ans Ende seines Lebens wartete Arcadi auf La

Portuguesa Tag für Tag auf einen Brief oder aber, als die Plantage irgendwann über einen Telefonanschluss verfügte, einen Anruf seines Bruders; wenn er es nicht vorzog, sich die Szene vorzustellen, die er sich seit seiner Zeit im Internierungslager wie ein Besessener immer wieder ausgemalt hatte, nur dass sie im Lauf der Zeit und den jeweiligen Umständen und Fieberträumen entsprechend eine andere Gestalt angenommen hatte: Unversehens erscheint sein Bruder auf der Plantage, ein alter, hinkender, darüber hinaus aber gesunder Mann, den außerdem der Ruhm umstrahlt, den er sich durch eine Reihe von Auftritten als Solopianist des, sagen wir, Symphonieorchesters Buenos Aires erworben hat, bei denen ihm das Publikum des halben Kontinents zu Füßen lag. Aber obwohl nichts davon eintrat, während das Ende, das wir anderen uns für unseren Großonkel ausgedacht hatten, also sein Kältetod in den Pyrenäen, zur offiziellen Version wurde, gab Arcadi die Hoffnung, dass sein Bruder noch am Leben sein könnte, niemals auf. Diese Hoffnung wurde mit der Zeit zum Auslöser von harmlosem Spott und Witzeleien – so hieß es bei uns etwa, sobald das Telefon klingelte: »Das ist bestimmt Oriol.« Und wenn etwas verschwand, ein Feuerzeug oder die Kaffeebüchse, fragte Arcadi selbst mit ironischer Sehnsucht: »Das wird doch nicht Oriol geklaut haben?« Doch mit all den Späßchen und Frotzeleien, vor allem aber mit einem Großteil von Arcadis geheimen Hoffnungen, die dem Gewitzel zugrunde lagen, war es vorbei, als 1993 ein Brief auf La Portuguesa eintraf, der in Frankreich abgeschickt und eigenhändig von ebenjenem

Rodrigo unterzeichnet worden war, der seinerzeit die Flucht aus Port de la Selva angeführt hatte, um später im dichten Schneegestöber Oriol seine Krücke mit den Worten zu übergeben, er solle weitergehen, dann sei er bald in Frankreich und in Sicherheit. Rodrigo wohnte damals, also 1993, in Colliure, und er hatte den Brief angeblich geschrieben, weil er »Oriol in gewisser Hinsicht etwas schuldig« war, »diesem jungen Pianisten, der, obwohl er selbst lebensgefährlich verletzt war, einen anderen Soldaten zu retten versuchte, indem er ihn den Berg hinaufschleppte«. Des Weiteren erzählte Rodrigo in dem Brief – zwölf eng beschriebene Seiten auf Französisch –, dass er Jahre gebraucht habe, um die Adresse von Arcadi herauszufinden, was ihm schließlich mithilfe eines alten Kommunisten aus Barcelona gelungen sei, der ihm einmal zufällig über den Weg gelaufen sei. Anschließend beschrieb er höchst ausführlich die Flucht aus dem Krankenhaus und den Überlebenskampf an dem verschneiten Berghang in den Pyrenäen. Durch Rodrigos Ausführungen fühlten wir uns in unserer Version von Oriols Tod bestätigt, und ich selbst machte sie mir einige Jahre später zunutze, um in einem meiner Bücher die letzten Stunden meines Großonkels zu rekonstruieren. Nur Arcadi blieb unbelehrbar; die viel zu spät eingetroffene Nachricht ließ ihn im Gegenteil nur umso selbstverständlicher – und weniger gequält – an dem Glauben festhalten, eines Tages werde sein gefeierter Pianistenbruder Oriol in der Tür stehen. Er ignorierte einfach, was Rodrigo geschrieben hatte: »Was weiß dieser Franzose schon von meinem Bruder«, brummte er, sobald die

Geschichte zur Sprache kam. Was Rodrigo vom Ende Oriols erzähle, sei so vage, dass sogar die Version, die wir uns ausgedacht hätten, dazu passe. Rodrigo selbst hatte sich damals jedenfalls, kurz nachdem er sich aus Erschöpfung einfach im Schnee hatte ausstrecken wollen, doch noch umentschieden und war hinter Oriol hergegangen. Anfangs schien es ihm unmöglich, ohne die Krücke vorwärtszukommen, aber dann biss er die Zähne zusammen, schließlich hatte er, wie er in dem Brief schreibt, zuvor gesehen, wie Oriol sich ohne jegliches Hilfsmittel, dafür aber einen anderen Mann mitschleifend, den Berg hinaufgeschleppt hatte. Die Erinnerung an diesen »bewegenden Anblick« habe ihm vor Augen gehalten, »dass trotz allem Hoffnung auf Rettung bestand«. Mittlerweile sei es Nacht geworden und stockfinster, doch die Spuren, die Oriol mit der Krücke und dem nachgezogenen Bein hinterlassen habe, seien einfach zu verfolgen gewesen: »Eine halbe Stunde später – es können aber auch eineinhalb oder zwei Stunden gewesen sein«, habe er feststellen müssen, dass die Spuren an einem Hohlraum zwischen zwei Felsbrocken geendet hätten. Er habe sich ein Weilchen umgesehen und sei schließlich im Schnee auf einen großen Blutfleck und den Tornister mit den Ausweisen Oriols, Manolos und seinem eigenen gestoßen, den er, »was vielleicht ein wenig unvernünftig war«, wie Rodrigo in dem Brief einräumt, Oriol ja vor dessen Aufbruch ausgehändigt hatte. Nachdem er in dem Hohlraum selbst niemanden habe entdecken können, nehme er an, schreibt Rodrigo am Ende des Briefes, dass Oriol irgendwo in der Nähe dieser Stelle gestorben sei, schließlich sei es äußerst unwahrscheinlich, dass er angesichts seiner Verletzung bei diesem Sturm mitten im Gebirge habe überleben können. »Und was soll daran eindeutig sein, bitte schön?«, verteidigte Arcadi sich jedes Mal, wenn sich jemand ihm gegenüber auf den Brief berief, um ihm in Erinnerung zu rufen, dass sein Bruder 1939 gestorben sei. Erstaunlich ist in jedem Fall, wie sehr sich die beiden Versionen von Oriols Tod ähneln – unsere »offizielle« und die Rodrigos –, wussten wir bis 1993 doch bloß, dass Arcadi Oriol in dem Lazarett in Port de la Selva zurückgelassen hatte, von wo ihn ein Bus nach Frankreich bringen sollte. Davon und auch von der unbestreitbaren Tatsache ausgehend, dass wir seither nie mehr etwas von Oriol gehört hatten, hatten wir angenommen, dass die geplante Flucht mit dem Bus nicht zustande gekommen war, weshalb Oriol, der auf keinen Fall in die Fänge der franquistischen Häscher geraten wollte, den Versuch unternommen hatte, auf eigene Faust die Pyrenäen zu überqueren. Seine Verletzung und die Kälte schienen uns Grund genug zu der Annahme, dass er dabei ums Leben gekommen war, in jener Höhle, die wir uns für ihn ausgedacht hatten. Dass die von uns erfundene Geschichte und die Jahrzehnte später von Rodrigo bezeugte und schriftlich niedergelegte wirkliche Geschichte sich so ähnlich sind, ist jedoch kein Zufall, sind Kriegsgeschichten im Grunde genommen doch stets eine ziemlich simple Angelegenheit: Einer gewinnt, und der andere verliert, und die, die die Flucht ins Exil antreten müssen, überleben, oder sie sterben, und ob sie schweren oder weniger schweren Verletzungen erliegen, macht dabei nicht allzu viel aus. Etwas anderes wäre jedenfalls kaum möglich gewesen – wo es immer bloß darum geht, sich gegenseitig abzuschlachten, kann, für den Einzelnen wie für alle zusammen, am Ende schwerlich etwas Ansprechenderes und weniger Vorhersehbares herauskommen. So viel ist also über Oriol bekannt, beziehungsweise so viel *war* über ihn bekannt, denn vor ein paar Monaten habe ich in Südfrankreich Dinge über Oriol erfahren, die mich dazu gebracht haben, mich hinzusetzen und diese Seiten zu schreiben.

2

Als ich am Morgen des 14. April 2007 in unserer Wohnung in Barcelona erwachte, überlegte ich, noch im Bett liegend, eine ganze Weile hin und her, ob ich tatsächlich eine Verabredung einhalten sollte, die ich sechs Monate zuvor etwas leichtsinnig eingegangen war. Jetzt bereute ich jedenfalls meine damals, als die Sache noch weit entfernt schien, so bedenkenlos gemachte Zusage. Meine Frau und die Kinder waren früh aus dem Haus gegangen, ich dagegen hatte mich in der Nacht davor erst spät schlafen gelegt, weil ich mir einen langen russischen Film angesehen hatte – und in diesem Augenblick hätte ich mich am liebsten mit einer Tasse Kaffee erneut vor den Fernseher gesetzt, um den Film noch einmal anzusehen, dann allerdings mit Kugelschreiber und Notizblock bewaffnet, um den Text eines Gedichts mitschreiben zu können, das gewissermaßen die Essenz des Films darstellte, ein herrliches, vollkommenes Gedicht auf Russisch. Ich spreche zwar kein Russisch, und die spanischen Untertitel wiesen offensichtlich Lücken auf – was unvermeidlich ist, schließlich sollen Untertitel den Zuschauern vor allem als Orientierungshilfe dienen und müssen sich deshalb nicht nur der Geschwindigkeit anpassen, mit der die Bilder aufeinanderfolgen, sondern auch auf einen einzigen, raschen Blick zu erfassen sein; Zeit zum Nachdenken oder gar für eine zweite Lektüre bleibt da natürlich nicht –, aber trotzdem wollte mir eine Verszeile nicht aus dem Kopf, die einen tiefen Eindruck in mir hinterlassen hatte. Nun hatte ich jedoch zugesagt, an einem öffentlichen Podiumsgespräch teilzunehmen, das an diesem Tag in Argèles-sur-Mer stattfinden sollte, einem südfranzösischen Städtchen, das eine Art schwarzen Fleck auf der Landkarte der Erinnerungen meiner Familie bezeichnet; der dortige Strand hatte für uns jahrzehntelang ein Tabu dargestellt. Da ich aber nicht den Mut aufbrachte, meine Gastgeber einfach zu versetzen, um mich im Schlafanzug vor dem Fernseher niederlassen und auf die Jagd nach einer Stelle aus einem russischen Gedicht machen zu können, befand ich mich bereits wenige Stunden später in Argèles-sur-Mer, wo ich einmal mehr über den verfluchten Krieg sprechen sollte. Während ich die Ellbogen auf die Fahne der spanischen Republik stützte, die den Tisch bedeckte, war ich darauf bedacht, die Geister der Vergangenheit trotz allem, so gut es ging, auf Abstand zu halten. Am Ende der Veranstaltung näherte sich mir eine schwarz gekleidete Frau mit Kopftuch und einem dunkelbraunen Fetzen um den Hals, der ihr offenbar als Schal diente. Sie war mir schon vorher aufgefallen, als sie noch in der hintersten Reihe saß. Da der Lehrer, der die Veranstaltung leitete, unaufhörlich redete, hatte ich Zeit gehabt, meinen Gedanken nachzuhängen, und dabei hatte ich mich unter anderem gefragt, welcher Teil meines Buchs, das der Anlass dieser Veranstaltung war, das Erscheinen dieser seltsamen Person, die an eine Landstreicherin erinnerte, bewirkt haben mochte. Sie drängte sich rücksichtslos zwischen dem etwa ein Dutzend Leuten hindurch, die bereits vor ihr an den Tisch getreten waren, um sich von mir ein Exemplar des Buchs signieren zu lassen; trotz oder vielleicht gerade wegen ihres rüpelhaften Benehmens und ihres ungewöhnlichen, genauer gesagt: hässlichen und Furcht einflößenden Aussehens sagte jedoch niemand auch nur ein Wort zu ihr. Als sie schließlich vor mir stand, verzog sie das Gesicht zu einem boshaften, zahnlückigen Lächeln und sah mich lange vorwurfsvoll und spöttisch an. Bis sie irgendwann anfing, immerzu lächelnd, zwischen ihren Kleidungsstücken herumzukramen, um zuletzt nach mehreren Sekunden der Ungewissheit – schließlich hätte sie aus ihren Lumpen ebenso gut ein Buch wie eine Schusswaffe hervorzaubern können – ein Foto ans Licht zu befördern, das sie mir samt einem verdreckten, mehrfach gefalteten Zettel wortlos überreichte. Gleich darauf drehte sie sich um und verschwand, diesmal allerdings, ohne jemanden anzurempeln, da die Leute ihr von selbst aus dem Weg traten. Gerne hätte ich ihr ein paar Fragen gestellt, so jedoch versuchte ich den seltsamen Vorfall zu überspielen, indem ich ihre Gaben scheinbar gleichgültig in meiner Jackentasche verstaute und, als wäre nichts gewesen, weiter Bücher signierte und mich mit meinen Lesern unterhielt. Bevor ich die Sachen eingesteckt hatte, hatte ich jedoch rasch einen Blick auf das Foto geworfen und festgestellt, obwohl ich in diesem Moment meine Brille nicht aufhatte, dass es drei Soldaten zeigte, die, offensichtlich zur Zeit des Spanischen Bürgerkriegs, irgendwo auf dem freien Feld unterwegs waren.

Der gefaltete Zettel wiederum hatte mir einen leisen Ekel eingeflößt, war er doch fleckig und verschmutzt; man hätte fast meinen können, ein Stück Schorf in der Hand zu halten, das sich die Alte vom Leib gekratzt hatte. Zwanzig Minuten später, als auf der Terrasse vor dem Veranstaltungsort zum Abschluss ein Glas Wein gereicht wurde, hatte ich das Ganze jedoch schon wieder vollständig verdrängt – wenn man, so wie ich, als Autor ein Thema behandelt, das mit dem Spanischen Bürgerkrieg zu tun hat, ist es schließlich nichts Besonderes, dass einem anschließend Leute Briefe, Fotos oder andere Dokumente aus jener Zeit vorlegen, weil sie nicht zu Unrecht die Hoffnung hegen, ihre Geschichten beziehungsweise die ihrer Väter und Großväter auf diesem Weg bekannt zu machen, ja vielleicht sogar in gedruckter Form veröffentlichen zu können. Zu der Veranstaltung eingeladen hatte mich ein Verein mit Namen FFREEE (Fils et Filles de Républicains Espagnols et Enfants de l'Exode), in dem sich eine Gruppe von Nachkommen von Anhängern der spanischen Republik zusammengefunden hat, die, als der Bürgerkrieg 1939 verloren war, über die Pyrenäen ins Exil hatte fliehen müssen. Die Mitglieder dieses Vereins sind der idealistischen Auffassung, schon allein weil das Leben mehrerer Millionen Menschen bis heute davon geprägt ist, gelte es, die Erinnerung an den blutigen Bruderzwist um jeden Preis zu bewahren und aufrechtzuerhalten. Dem Vorsitzenden des Vereins, der mich eingeladen hatte, war mein Buch wichtig erschienen, da es unter anderem von einem Internierungslager handelt, in dem die spanischen Bürgerkriegsflüchtlinge von der französischen Regierung unter haarsträubenden Bedingungen eingeschlossen worden waren. Dieses Lager befand sich unmittelbar am Strand von Argèles-sur-Mer, und mein Großvater Arcadi, wie ich ebenfalls in dem Buch erzähle, war dort als Gefangener sechzehn Monate lang beständigen und planvollen Misshandlungen ausgesetzt, die eines der düstersten Kapitel der Geschichte Frankreichs darstellen; schließlich wurden die vor der franquistischen Verfolgung fliehenden spanischen Republikaner, die um Asyl ersuchten, von der französischen Regierung wie gewöhnliche Kriminelle behandelt und im Innern eines Stacheldrahtverhaus festgesetzt. Ich erzähle das, um zu erklären, weshalb ich die Vorstellung, an diesem unseligen Strand als Vortragsredner aufzutreten, zunächst ein wenig unpassend, ja geradezu zynisch fand, dann aber ganz im Gegenteil das Gefühl hatte, gerade dadurch meine Beziehung zu diesem so sehr durch die Erinnerung belasteten Gelände endlich in gewisser Weise normalisieren zu können. Ich würde andererseits dadurch auch meinen ganz eigenen Beitrag dazu leisten können, dass die Sache nicht in Vergessenheit geriet, denn ebendieses Vergessen hatte ich schon in meinem Buch zum Thema gemacht. Dort hatte ich darauf hingewiesen, dass an genau der Stelle, wo nur wenige Jahrzehnte zuvor eine große Anzahl spanischer Flüchtlinge dem Hunger, der Kälte und allen möglichen Krankheiten zum Opfer gefallen war, heute das seichteste Strandleben blüht. Genau besehen gibt es nicht viel, was man gegen das Vergessen unternehmen kann; man kann Denkmäler aufstellen,

Hinweistafeln anbringen, Bücher schreiben, Podiumsgespräche veranstalten, und das ist eigentlich schon fast alles, schließlich ist es nur normal, dass man vergisst, weshalb ich mich zum heutigen Zeitpunkt auch frage, ob all das Predigen und Lamentieren über den verfluchten Krieg und seine Folgen nicht bloß eine unnötige Belastung ist. Andererseits hat inzwischen das einundzwanzigste Jahrhundert begonnen, und in Spanien wie auch in Frankreich hat sich seit 1939 eine Menge getan, die Peseta und der französische Franc sind abgeschafft, ja zwischen beiden Ländern gibt es nicht einmal mehr eine Grenze: Um zum Veranstaltungsort zu gelangen, hatte ich mein vor unserem Haus in der Calle Muntaner in Barcelona parkendes Auto bestiegen und war ohne Zwischenhalt innerhalb von zwei Stunden nach Argèles-sur-Mer gefahren – für dieselbe Strecke hatten mein Großvater Arcadi und all die anderen spanischen Flüchtlinge 1939 mehrere Wochen gebraucht. Ihre Spuren liegen heute zum einen unter einer kostenpflichtigen Autobahn begraben, auf der man mit 140 Stundenkilometern dahinrasen kann, zum anderen unter den Touristenmassen, die an dem lang gestreckten Strand von Argèles-sur-Mer ihre eingecremten Körper der Sonne darbieten. Viel kann man also nicht gegen das Vergessen tun, und trotzdem ist es unbedingt notwendig, dass man etwas unternimmt, will man nicht eines Tages ohne Grundlagen und damit ohne Zukunftsperspektiven dastehen – sagte ich wenigstens zu mir selbst, als ich an diesem Morgen darauf verzichtete, es mir zu Hause gemütlich zu machen, und stattdessen den Schlafanzug gegen meine Alltagskleidung eintauschte und das Auto bestieg, auch wenn mir dabei die Gedichtzeile aus dem russischen Film nicht aus dem Kopf ging, die mir in der Nacht den Schlaf geraubt hatte: »Er lebt in dem Haus, und das Haus wird bestehen.«

Heute – und daran kann man erkennen, wie sehr sich die Dinge inzwischen geändert haben – liegt die Verwaltung der Gemeinde Argèles-sur-Mer überwiegend in den Händen von Nachkommen der Leute, die 1939 in dem benachbarten Internierungslager gefangen gehalten wurden. Das wiederum erfuhr ich im Verlauf des kleinen Umtrunks im Anschluss an die Veranstaltung. Von der Terrasse aus hatte man einen weiten Blick über den Weinberg, dem der Wein entstammte, den wir tranken, und, dahinter, über das Meer, das im Licht des gerade erst angebrochenen Frühlings silbrig glänzte. Es war ein wunderschöner Nachmittag, und zu diesem Zeitpunkt freute ich mich längst darüber, die Einladung angenommen und meinen kleinen Beitrag zum Kampf gegen das Vergessen geleistet zu haben. Hätte mich jetzt jemand danach gefragt, hätte ich ohne großes Zögern geantwortet, der Spanische Bürgerkrieg und seine Folgen stellten so lange eine Belastung dar, wie man versuche, sie zu verdrängen, bemühe man sich jedoch, die Vorgänge von einst in allen Einzelheiten aufzuzeigen, sei eine Zukunft voller Möglichkeiten denkbar. Bester Stimmung trat ich an den Tisch, um mir noch ein Glas Wein einzuschenken. Es war ein langer Tisch, der die Mitte der Terrasse einnahm und mit bis auf den Boden reichenden weißen Tüchern bedeckt war, die gelegentlich ein wenig vom Wind angehoben wurden, so dass man die Tischbeine und was sich sonst noch darunter befand zu sehen bekam – Flaschenkisten, mehrere Klappstühle, einen Stapel weißer Tischtücher, einen riesigen Topf, in dem wahrscheinlich eines der Gerichte, die auf dem Tisch standen, zubereitet worden war. Und zwischen all dem zwei Katzen, die, ohne sich um meine Blicke zu kümmern, um ein Stück Hühnerfleisch stritten. Zwischen den beiden war ein heftiger Kampf entbrannt, der ohne jedes Geräusch, dafür aber mit erschreckendem Ingrimm und rasender Wut vonstatten ging. Zweimal konnte ich wenige Sekunden lang zusehen, wie die Katzen sich gegenseitig mit den Tatzen bearbeiteten und ineinandergekrallt über den Boden rollten; kurz danach kamen sie unter dem Tisch hervorgeschossen und jagten davon. Ich schenkte mir aus einem der Weinkrüge ein, bestrich ein Stück Brot mit Foie gras und schob es mir in den Mund, griff nach einem Stück Schinken und machte es mir zunutze, dass ich im Augenblick allein war und mich mit niemandem unterhalten musste, um ein Stück zur Seite zu treten und den herrlichen Ausblick zu genießen. Allerdings stand ich immer noch unter der Nachwirkung der hasserfüllten Wut, mit der die zwei Katzen unter dem Tisch aufeinander losgegangen waren. Am stärksten beeindruckt hatte mich bei diesem Ausbruch, wie kontrolliert und geräuschlos sie ihre ungeheure Energie eingesetzt hatten – so hatte keiner der Gäste von ihrem Kampf etwas mitbekommen, bis auf mich, und ich wahrscheinlich auch nur deshalb, weil ich schon immer eine Schwäche für diese Tiere gehabt habe.

Dass ein trotz allem letztlich unerhebliches Ereignis wie dieses mich dermaßen aufgewühlt hatte, war womöglich ein Zeichen dafür, dass meine Beziehung zu dieser Gegend Frankreichs noch längst nicht normal und entspannt war. Im Gegenteil, bis zu diesem Zeitpunkt bedeutete sie ein Tabu, sie wurde nicht erwähnt, und man fuhr schon gar nicht dorthin. Doch sosehr die Zeit sich auch bemüht hatte, alle Widersprüche einzuebnen – ich stellte doch fest, dass das eine oder andere Denkmal, Hinweisschild oder Podiumsgespräch sehr wohl nötig war, um kundzutun, dass ein Strand, an dem so viele spanische republikanische Soldaten sterben mussten, niemals ein normaler Strand wird sein können. Durch die Beobachtung der zwei Katzen schlagartig meiner optimistischen Stimmung beraubt, trat ich auf eine große Steinplatte, die mir einen weiten Blick über den gesamten Weinberg und den dahinterliegenden, mit so traurigen Erinnerungen befrachteten Strand ermöglichte. Hier gab ich mich meinen grüblerischen Überlegungen hin und nippte hin und wieder an dem Weinglas, bis mir auf einmal die seltsame Frau wieder einfiel, die am Ende der Veranstaltung zu mir gekommen war. Da stellte ich das Glas ab und griff in meine Jackentasche. Bei dem Zettel, den sie mir überreicht hatte, handelte es sich um einen Brief, datiert zwei Tage zuvor in einem Ort mit Namen Lamanère. Ihn zu entziffern hätte mich, angesichts mehrerer Ausstreichungen und der kindlichen Handschrift, in der er verfasst war, mehr Aufmerksamkeit gekostet, als ich in diesem Augenblick aufzubringen bereit war. Also beschloss ich, die Lektüre später nachzuholen. Dafür nahm ich jetzt das Foto genauer in Augenschein und stellte so überrascht wie erschrocken fest, dass es meinen Urgroßvater Martí zeigte, eingerahmt von meinem Großvater Arcadi und meinem Großonkel Oriol, also ebendem Mann, der 1939 in den Pyrenäen verschollen war. Verstört wollte ich mich auf der Steinplatte niederlassen, stieß dabei jedoch zunächst mein Weinglas um und trat danach zu allem Überfluss auch noch mit dem Fuß dagegen, dass es davonflog und schließlich beim Aufprall auf dem Boden zersplitterte. Erneut starrte ich ungläubig auf das Foto, drehte es um und las, was jemand, höchstwahrscheinlich Oriol, mit blauer Tinte auf die Rückseite geschrieben hatte: »1937. An der Front in Aragón.« Meine Erschöpfung war auf einmal wie weggewischt. Woher hatte die Frau dieses Foto meiner Verwandten?, fragte ich mich, und im selben Augenblick fiel mir ein, dass ich ja in der anderen Hand ihren Brief hielt. Sogleich machte ich mich daran, ihn zu entziffern, was sich aufgrund der Krakelschrift, vor allem aber, weil er in einem wilden Gemisch aus Französisch und Katalanisch verfasst war, als gar nicht so einfach erwies. Beim ersten Versuch begnügte ich mich mit einer hastigen, sprunghaften Lektüre. Doch gleich danach fing ich wieder von vorne an, um mich zu vergewissern, dass ich tatsächlich richtig verstanden hatte, was mir, vielleicht nicht nur aufgrund meiner in diesem Augenblick einigermaßen begrenzten Aufnahmefähigkeit, als nahezu unannehmbar erschien. Der Unterzeichner des Briefes, ein gewisser – oder eine gewisse – Novembre Mestre, brachte darin seine entschiedene Ablehnung gegen die Art zum Ausdruck, wie ich Oriols Schicksal in dem Buch beschrieb, das ich an diesem Nachmittag vorgestellt hatte. Seine maßlose Empörung rührte womöglich daher, dass er das Buch gar nicht selbst gelesen, sondern bloß von dessen Inhalt gehört hatte. Vielleicht drängte sich mir dieser Eindruck auch nur deswegen auf, weil der Briefschreiber sich so ungelenk ausdrückte und eine so kindliche Schrift hatte. Bei der Rekonstruktion von Oriols Geschichte – die zugegebenermaßen ziemlich knapp ausfiel, schließlich war der Bruder meines Großvaters in dem Buch nur eine Nebenfigur – hatte ich mich vor allem auf Rodrigos Brief gestützt. Wörtlich heißt es in dem Buch: »Als Oriol zum letzten Mal gesehen wurde, stemmte er sich kurz vor Erreichen der Passhöhe mit aller ihm verbliebenen Kraft einer heftigen Sturmbö entgegen, die an den höchsten Pyrenäengipfeln entlangstrich. Zu diesem Zeitpunkt war er bloß noch wenige Schritte von der Stelle entfernt, wo es nach Frankreich hinunterging.« Das war alles, was wir bis zu diesem Zeitpunkt von Oriol wussten. Während der darauffolgenden Jahrzehnte war er tot gewesen – bis zu diesem Nachmittag, an dem ich, mit Blick auf jenen unglückseligen Strand auf einer Steinplatte stehend, zu meiner völligen Verblüffung erfuhr, dass Oriol die ganze Zeit über am Leben gewesen war. Aber nicht nur das, er war auch mit diesem oder dieser Novembre Mestre befreundet gewesen; zum Beweis hatte er oder sie das Foto mitgeschickt, das Oriol angeblich »bis zu seinem wirklichen Todestag« aufbewahrt hatte. Dass Novembre sich auf Oriols »wirklichen« Todestag bezog, machte die Sache für mich nur noch schlimmer, schließlich hatte ich mich in gewisser Hinsicht eines Verbrechens schuldig gemacht, denn auch wenn wir uns Oriols falschen Tod alle zusammen ausgedacht hatten, hatte ich diesen Tod darüber hinaus auch noch schriftlich bestätigt und Oriol damit endgültig umgebracht. Und obwohl ich über diesen Gedanken unter anderen Umständen bloß gelacht hätte, schien er mir jetzt so gravierend, dass ich mir sagte, ich müsse dieser Frau oder diesem Mann oder wer auch immer sich hinter dem Pseudonym Novembre Mestre verbarg, unbedingt einen Besuch abstatten. Novembres Brief beinhaltete weit mehr als die Richtigstellung eines Lesers, der einen Schriftsteller bei einer kleinen Schlamperei erwischt hat, es hatte sich nicht bloß jemand die Mühe gemacht, darauf hinzuweisen, dass »hier ein Irrtum vorliegt, das war nicht im elften, sondern im dreizehnten Jahrhundert«, oder »der hier beschriebene Wind heißt nicht Mistral, sondern Tramontana«. Im Gegenteil, dieser Brief enthielt keine Richtigstellung, sondern eine Mordanklage. Ich richtete erneut den Blick auf das Foto und betrachtete Oriols lächelndes Gesicht. Das Gesicht eines Mannes, der nicht weiß, dass er wenige Monate später nicht nur den Krieg, sondern auch seine Frau und seine Familie verloren haben und verletzt in einem Lazarett liegen wird, um sich, vom Wundbrand gequält, unaufhaltsam in einen Sterbenden zu verwandeln, dem der Enkel seines Bruders Jahrzehnte später schriftlich den Gnadenschuss verpasst. Oriol lächelt und wirkt entspannt, fast glücklich, in der Linken hält er eine Zigarette, an der er fröhlich gezogen haben muss, jetzt ist sie jedenfalls fast völlig aufgeraucht; so wie er lacht nur ein Soldat, der an der Aragón-Front, mitten auf dem Schlachtfeld, unversehens auf seinen Vater und seinen Bruder gestoßen ist. Vielleicht lacht er aber auch nur, weil der Fotograf ihn dazu aufgefordert hat, einer dieser Vollidioten, die der Ansicht sind, dass man auf Fotos grundsätzlich lächeln muss, selbst wenn man sich in Wirklichkeit mitten im Krieg befindet. Ich steckte das Foto und den Brief in die Jackentasche und sagte mir, dass Arcadi mit seiner abschätzigen Meinung über Rodrigos Brief von 1993 – »Was weiß dieser Franzose schon von meinem Bruder« – vollkommen recht gehabt hatte. Vielleicht lag Arcadi tatsächlich richtig, und sein Bruder hatte, zwar nicht in Südamerika, dafür aber in Frankreich oder einem anderen europäischen Land eine durchaus beachtliche Pianistenkarriere absolviert. Ich atmete noch einmal tief durch, und obwohl mich die Vorstellung, mich wieder unter die Leute zu mischen, eher bedrückte, stieg ich von der Steinplatte. Mir blieb nichts anderes übrig, als die aufwühlenden Neuigkeiten vorläufig für mich zu behalten. Auf dem Weg zurück zur Terrassenmitte legte ich mir rasch einen Plan zurecht: Ich würde noch ein Viertelstündchen, keinesfalls länger als dreißig Minuten, dableiben und dann zurück nach Barcelona fahren. Die Einladung, in Argèles-sur-Mer zu übernachten, hatte ich von vornherein abgelehnt, weil ich am nächsten Tag mit den Kindern zu einem Basketballspiel gehen wollte. Das hatte ich ihnen versprochen, und wenn ich über Nacht in Frankreich geblieben wäre, hätte ich mich am nächsten Tag sehr beeilen müssen, um rechtzeitig wieder in Barcelona zu sein. Wenn ich es allerdings in dem Augenblick, wo ich das hier schreibe, recht bedenke, war die Sache mit dem Basketball vielleicht doch nur eine Ausrede, um die Nacht nicht in der Nähe des unseligen Strandes verbringen zu müssen. Als ich schließlich wieder an dem mit den langen Tüchern bedeckten Tisch stand und mir ein neues Glas Wein einschenken wollte, fiel mein Blick zufällig auf eine in der Nähe unter einem Strauch liegende Katze. Bei genauerem Hinsehen erkannte ich, dass sie an dem heftigen Kampf beteiligt gewesen war, der mich eine Weile davor so beeindruckt hatte. Wie gesagt, ich habe schon immer eine Schwäche für diese Tiere gehabt, deshalb ging ich jetzt zu dem Strauch, um die Katze ein wenig zu streicheln. Doch kaum stand ich neben ihr, stellte ich fest, dass ihr Fell teilweise blutig war; außerdem hatte sie schwere Bisswunden am Kopf und war tot.

3

Trotz des Sturms hatte Novembre für den Abstieg den steilen Weg gewählt. Der war zwar gefährlicher, umso schneller wäre er jedoch zu Hause und umso größer wären die Überlebenschancen für die Ziege, die er, in eine dicke Wolldecke gehüllt, auf den Schultern trug. Novembre kannte jede Handbreit des Wegs und wusste, welche Gefahren dort drohten, nicht nur einmal war ihm auf dieser Strecke eines seines Tiere verloren gegangen. Darüber hinaus schneite es in dieser Nacht heftig, und Windböen zwangen ihn immer wieder stehen zu bleiben, aber nicht um irgendwo Unterschlupf zu suchen – Novembre war der reinste Riese und damals noch jung und voll unbändiger Kraft. Die Ziege auf seinen Schultern war ihm gegen Mittag verloren gegangen; noch bevor der Sturm einsetzte, hatte er die Herde den Berg hinabgetrieben, aber erst als er die Tiere im Stall einschließen wollte, bemerkte er, dass eines fehlte. Ohne es sich zweimal zu überlegen und obwohl der Sturm bereits kräftig zu blasen begonnen hatte, war er erneut den Berg hinaufgestiegen, bis er die Ziege gefunden hatte. Einer ihrer Hufe hatte sich zwischen den Steinen verfangen, so saß sie im Schnee fest und meckerte leise, aber unaufhörlich, vor allem aber herzzerreißend. Als Novembre die Decke um sie legte, rührte sie sich kaum noch. Beim Abstieg auf dem steilen Weg wurde er erneut von einer Bö zum Anhalten gezwungen und stieß dabei auf den zusammengerollten und teilweise vom Schnee verdeckten Körper Oriols, der vor ihm in einer kleinen Vertiefung lag. Novembre glaubte zunächst, es mit einem Tier zu tun zu haben, schließlich war es stockfinster. Vorsichtig berührte er den reglosen Körper mit dem Fuß, was sich nur ein Riese wie er erlauben konnte, bei dessen Anblick noch das wildeste Tier es vorzog kehrtzumachen, statt dem Feind einen Prankenhieb zu versetzen oder ihm die Zähne in den Leib zu schlagen. Da keine Reaktion erfolgte, ging Novembre neben dem Körper in die Hocke, um ihn genauer in Augenschein zu nehmen, und erst jetzt stellte er fest, dass es sich um einen Menschen handelte. Es war nicht der Erste, den er in dieser Gegend antraf, im Gegenteil, während der vergangenen Wochen war ihm ein halbes Dutzend republikanischer Soldaten über den Weg gelaufen, und mit jedem von ihnen hatte er ein paar Worte gewechselt. Einem, der verletzt gewesen war, hatte er sogar den Berg hinabgeholfen und ihm Unterkunft und Verpflegung angeboten. Dieser Soldat war jedoch der Ansicht gewesen, Novembres Hütte sei zu nah an der Grenze und damit immer noch in Reichweite der Gewehre seiner Feinde. Außerdem hatte er der Freundlichkeit seines großmütigen Gastgebers offensichtlich misstraut, weshalb er sich trotz seiner Verwundung und erschöpft, wie er war, weitergeschleppt hatte, um noch ein Stück tiefer nach Frankreich vorzudringen. Diese Begegnungen hatten Novembre, der ein einfacher Bergbauer war, eine ungefähre Vorstellung davon vermittelt, was sich in diesen

Tagen auf der anderen Seite der Pyrenäen, wo gerade ein Krieg zu Ende gegangen war, abspielen mochte. Er war zu dem Schluss gelangt, dass ihm die Aufgabe zufiel, zu helfen und den Verlierern beizustehen. Sobald ihm also klar geworden war, dass es sich bei dem vor ihm Liegenden nicht um ein Tier, sondern abermals um einen flüchtenden Soldaten handelte, setzte er die Ziege im Schnee ab und näherte sein Gesicht dem des Mannes. Als er merkte, dass dieser noch atmete, fing er an, vorsichtig den Schnee von ihm abzustreifen. Dabei berührte er Oriols Wunde und spürte unter seinen Fingern eine weiche Masse, die trotz der eisigen Kälte ringsum glühende Hitze ausstrahlte. Mit wenigen raschen und sicheren Handgriffen wickelte er die Ziege aus der Wolldecke und umhüllte Oriols Körper damit. Gleich danach zog er den Mantel aus und legte ihn um die Ziege. Anschließend lud er sich die beiden solchermaßen gut verpackten Körper auf die Schultern, einen auf jede Seite, und stieg, ein leibhaftiger Goliath, den Berg hinab. Wegen der Last auf seinem Rücken sank er bei jedem Schritt bis zum Knie im Schnee ein, und zweimal musste er die Ziege sogar absetzen, um sich von dem Schnee, der ihm bis zu den Hüften reichte, zu befreien. Trotz all dieser Schwierigkeiten schaffte es der am Oberkörper bloß noch mit einem dünnen Wollhemd bekleidete Novembre bis zu seiner Hütte, wo er, erst nach Mitternacht eingetroffen, beide Körper vorsichtig auf den Boden legte, um sogleich im Kamin ein kräftiges Feuer zu entzünden.

Nach dieser erfolgreichen Rettungsaktion sollte Novembre Nacht für Nacht auf der Suche nach Soldaten, die sich verirrt hatten oder sonst wie seiner Hilfe bedurften, die Umgebung durchstreifen. Dabei entwickelte der gutmütige Riese allmählich einen nahezu unfehlbaren Instinkt dafür, wo und wie sich die auf seine Unterstützung angewiesenen Flüchtlinge aufspüren ließen. Ja, irgendwann konnte er schon aus der Ferne erkennen, ob derjenige, der dort durch den Schnee oder, später im Jahr dann, über die zunächst saftig grünen und danach von der Sonne verbrannten Bergwiesen irrte, ein Soldat oder ein Zivilist war. Er ahnte im Voraus, wer der Hilfe, die er anzubieten hatte, trauen würde und wen man besser sich selbst überließ. Seit unserer ersten Unterhaltung wollte mir jedenfalls die beeindruckende Vorstellung davon, wie dieser Riese Nacht für Nacht auf der französischen Seite der Pyrenäen seine Runde machte, nicht aus dem Kopf.

Ein paar Tage nach meinem Besuch in Argèles-sur-Mer fuhr ich nach Lamanère, also in den Ort, der im Absender des Briefes genannt war, den die abstoßende Alte mir ausgehändigt hatte. Das Mindeste, was ich Oriol schuldig war – auch wenn ich meinen Mord dadurch nicht rückgängig machen konnte –, war der Versuch, Ordnung in unsere Familiengeschichte zu bringen, indem ich diese Spur verfolgte, die uns zunächst entgangen war, weil wir unseren Großonkel vorzeitig aus dem Leben befördert hatten. In Wirklichkeit gab es für mich bei diesem Ausflug jedoch kaum etwas zu entscheiden, ich ließ mich vielmehr vom Gang der Dinge mitreißen, die mich zu einer mir unbekannten Person führten, die offensichtlich böse auf mich war. Dabei redete ich mir ein – und lag damit womöglich völlig falsch –, dass der Absender eines persönlich übergebenen Briefes auch eine unausgesprochene Einladung formuliert, den Wunsch, mehr zu sagen, als auf dem Papier möglich war. Einige Kilometer nach der Grenze bog ich auf der Höhe von Le Boulou nach Westen ab und fuhr auf einer Nebenstraße, die sich am Fuß der Pyrenäen entlangzieht, landeinwärts Richtung Prats de Molló, das auf der Südfrankreichkarte, die ich dabeihatte, als einziger Ort in dieser Gegend verzeichnet war. Am Tag zuvor hatte ich mir mithilfe von Google die wenigen Informationen zusammengesucht, die im Internet über Lamanère aufzutreiben sind. Außer einem groben Übersichtsplan, den ich ausdruckte und der mir von großem Nutzen sein sollte, war ich am Ende im Besitz der folgenden Angaben: 1901 hatte der Ort 510 Einwohner gehabt, 1954 war die Zahl auf 284 zurückgegangen, 1968 waren noch 198 übrig, und heute, zu Beginn des 21. Jahrhunderts, gab es dort gerade einmal 36 Einwohner. Daneben hatte ich versucht herauszufinden, ob irgendwelche Angaben über Oriol im Cyberspace vorhanden waren. Angespannt hatte ich seinen Namen und dazu die beiden Wörter »piano« und »soliste« eingegeben, in der Hoffnung, so womöglich auf einen Zeitungsartikel zu stoßen, der mit seiner Tätigkeit als Konzertpianist in Frankreich zu tun hatte. Da nichts dabei herauskam, ersetzte ich das französische Wort »soliste« durch das universellere »solo« – wiederum ohne Ergebnis. Obwohl ich wusste, dass die Suche vollkommen sinnlos war, da ja nicht einmal Oriols Name auftauchte, probierte ich es weiter, jetzt in Kombination mit »music«, »musique«, »intérprete« und zuletzt, um nichts unversucht zu lassen, sogar zusammen mit »filarmónica de Buenos Aires«. Aber es war zwecklos, Oriols Name existierte für das Internet nicht. Das wunderte mich andererseits nicht übermäßig, schließlich musste sich seine Pianistenkarriere, sollte sie denn stattgefunden haben, vor allem in den fünfziger, vielleicht noch in den sechziger Jahren abgespielt haben, und nachdem es bei ihm wohl kaum zum Weltruhm gereicht haben dürfte, hatte er im Netz der Netze auch keinerlei Spuren hinterlassen. Ein paar Wochen davor hatte ich einmal den Namen eines argentinischen Fußballspielers eingegeben, der zu seiner Zeit, während der sechziger Jahre, durchaus eine internationale Größe gewesen war und außerdem eine Zeit lang in Mexiko gespielt hatte, und trotzdem musste ich, der ich damals zu seinen Bewunderern gehört hatte, mich der bitteren Erkenntnis fügen, dass er im Netz einfach nicht aufzustöbern ist. Das Internet ist noch viel zu neu, und deshalb ist ihm alles, was nicht unmittelbar mit der Gegenwart zu tun hat, schlichtweg egal, sagte ich mir, um mich mit meiner neuerlichen Enttäuschung abzufinden.

Als ich gleich hinter Le Boulou in die kleine Landstraße eingebogen war, ließ ich auf beiden Seiten die Fensterscheiben hinunter, um die Umgebung möglichst unmittelbar auf mich einwirken zu lassen. Die Landschaft bestand jetzt vor allem aus einem undurchdringlich dichten, wild wuchernden Wald, der mich sofort – schließlich war es Ende April und im strahlenden Sonnenlicht nirgendwo auch nur ein Fleckchen Schnee zu entdecken – an den

Urwald bei Veracruz erinnerte, wo ich zur Welt gekommen bin. Je höher es den Berg hinaufging, desto schmaler wurde die behelfsmäßig geteerte Straße, so dass ich hinter Serralongue, dem letzten Ort vor Lamanère, streckenweise den Eindruck hatte, unmittelbar zwischen den Bäumen hindurch zu navigieren, deren Äste den Wagen im Vorbeifahren streiften. Am Ortseingang ließ ich das Auto stehen, soll heißen: Ich hielt an, weil die Teerstraße zu Ende war, stieg aus und stellte fest, während ich mir den Anorak überzog – trotz des Sonnenscheins blies eine Tramontana, bei der man sich mühelos eine Lungenentzündung holen konnte –, dass der Ort nur knapp unterhalb des Gipfels lag. Genauer gesagt, so knapp, dass ich nicht recht begreifen wollte, weshalb der erste Bewohner von Lamanère sein Haus seinerzeit nicht gleich ganz oben errichtet hatte – der Rest der Welt war so oder so weit von hier entfernt, aber in diesem Fall hätte er wenigstens eine spektakuläre Aussicht gehabt. Er wird schon gewusst haben, was er tat, sagte ich daraufhin zu mir, hier unten ist man auf jeden Fall besser vor dem Wind geschützt. Bei einer Wohnung in Barcelona mag die Frage der Aussicht ja eine wichtige Rolle spielen, hier oben hat man davon aber ohnehin mehr als genug. Da hatte ich auf einmal das Gefühl, meine Nase in Dinge zu stecken, die mich nichts angingen, und gleich darauf fragte ich mich, ob es wirklich eine gute Idee gewesen war, hierherzukommen, um mich mit diesem Novembre zu unterhalten, und das auch noch völlig unangemeldet. Doch bevor ich an diesem Dienstag im April wieder mein Auto bestieg, um auf derselben

Straße, auf der ich gekommen war, die Rückreise anzutreten, begab ich mich in die einzige Bar am Platz und bestellte bei der Wirtin ein Glas Wein und etwas zu essen. Sie konnte ihre Überraschung, in dieser Gegend, wo nie ein Fremder hinkam, schon gar nicht unter der Woche, einem Ausflügler zu begegnen, nicht verbergen. »Sind Sie aus einem besonderen Grund hier?«, fragte sie auf Französisch, und auch zu meiner eigenen Überraschung lautete meine Antwort: »Das weiß ich selbst nicht so genau«, woraufhin ich irgendetwas von wegen dieser Teil der Pyrenäen hat mich schon immer sehr interessiert nachschob, womit die Frau sich offensichtlich zufriedengab. Jedenfalls widmete sie ihre Aufmerksamkeit wieder dem Rugbyspiel, das im Fernsehen übertragen wurde, schnitt dabei allerdings, immer den Apparat mit im Blick behaltend, kunstvoll eine Salami auf. Als ich mir Wurstplatte und Wein zu Gemüte geführt hatte, fragte ich die Frau rundheraus – was mir wegen des Weines umso leichter fiel –, ob sie wisse, wo hier das Haus von Novembre Mestre sei. Mich aus dem Augenwinkel betrachtend wie zuvor das Brett, auf dem sie die Salami geschnitten hatte, sagte sie, er wohne im letzten Haus des Dorfes, und machte eine Kopfbewegung in die entsprechende Richtung. Ich ging die Straße entlang, die schon bald die Gestalt einer Steintreppe annahm, bis ich an deren Ende gelangte und vor einem Haus stand. Es handelte sich um ein solide gebautes Steinhaus, dessen von zwei kleinen Fenstern und einem Holztürchen durchbrochene Fassade sich vor dem grellblauen Gebirgshimmel abhob. Das einzige menschliche Wesen, das ich zu sehen bekommen hatte, seit ich das Auto am Ortseingang abgestellt hatte, war die Besitzerin der Bar, weshalb ich mir mittlerweile sagte, dass das mit den 36 Einwohnern offensichtlich eine wohlmeinende Übertreibung war. Ich klopfte zweimal an die nur angelehnte Tür und hörte, dass sich im Innern des Hauses etwas bewegte. Außerdem wurde dort in einem Fernseher offenkundig dieselbe Rugbypartie übertragen wie in der Bar. Das erkannte ich an dem Sprecher, der nicht nur eine ungewöhnlich tiefe Stimme hatte, sondern auch sehr langsam und gesetzt sprach, was überhaupt nicht zu dem aufgeregten Dauergeschwätz passte, das üblicherweise für derartige Sportveranstaltungen unverzichtbar scheint. Während ich an der Tür stand und darauf wartete, dass mir jemand aufmachte, betrachtete ich einen am Rahmen hängenden leeren und verrosteten Vogelkäfig, der einen derart verlassenen Eindruck machte, dass ich mir sagte, zum letzten Mal müsse er wohl zu der glorreichen Zeit in Benutzung gewesen sein, als in Lamanère noch Kohle abgebaut wurde, was dem Ort die, wahrscheinlich dennoch übertriebene, Anzahl von 510 Einwohnern beschert hatte. Da ich aus dem Innern des Hauses keine weiteren Bewegungen hören konnte, stieß ich die Tür jetzt auf, streckte den Kopf vor und rief: »Novembre?« Der Mann, der im Hintergrund vor einem Fernsehgerät saß, machte, ohne sich umzudrehen, eine zweideutige Handbewegung, die mich zum einen willkommen zu heißen schien, zum anderen jedoch zu verstehen gab, dass ich gerne hereinkommen könne, bitte schön, aber stören Sie mich jetzt nicht, ich sehe gerade ein Rugbyspiel. Dieser kühle Empfang verwirrte mich; ich war darauf eingestellt, dass der Mann mir lautstarke Vorwürfe wegen Oriols vorzeitigen Todes machen würde; die von ihm stattdessen zur Schau gestellte Gleichgültigkeit brachte mich ganz aus dem Konzept. Als meine Augen sich ein wenig an die im Innern des Hauses herrschende Dunkelheit gewöhnt hatten, konnte ich seine Gestalt genauer erkennen. Während ich die etwa drei Meter zurücklegte, die zwischen uns lagen, um ihn im eigentlichen Sinne zu begrüßen und ihm womöglich die Hand zu schütteln, ließ ich den Blick über seinen gewaltigen Kopf, die riesigen Schultern und die endlos langen Arme gleiten, die so dick wie meine Oberschenkel waren. Als ich schließlich vor ihm stand, erhob er sich mühsam von seinem Sessel, richtete sich zu voller Länge auf und war mit seinen über neunzig Jahren der größte menschliche Körper, den ich je gesehen hatte.

Unsere erste Unterhaltung war genauer besehen ein sturzbachartiger Monolog, den Novembre, nachdem er sich wieder auf dem gequälten Sessel niedergelassen hatte, der sein Gewicht aushalten musste, zum Besten gab, ohne ein einziges Mal den Blick von der Rugbypartie zu wenden. Die Geschichte kam ziemlich überzeugend daher, offenbar hatte der Riese sie oft erzählt, und sei es nur sich selbst, jedenfalls zögerte er an keiner Stelle; manche Einzelheiten schilderte er allerdings so genau, dass es schon fast wieder unglaubwürdig wirkte. Man konnte den Eindruck haben, er gebe einen auswendig gelernten Text wieder, auch weil er, wenn ich etwas nachfragte oder ihn darum bat, eine bestimmte Episode ein wenig ausführlicher zu erzählen, mich bloß eine Weile wortlos ansah, um daraufhin den Faden seiner Erzählung wiederaufzunehmen, als hätte er meine Zwischenbemerkung gar nicht mitbekommen. Schon bei dieser ersten Begegnung merkte ich, dass der Riese ein wenig beschränkt war, beschränkt, was den Umgang mit anderen Menschen angeht, meine ich; davon abgesehen stellte ich im Lauf der Zeit nämlich fest, dass er in Bezug auf alles, was mit dem Leben im Gebirge zu tun hat, von ungewöhnlicher Klugheit war. Novembres Monolog dauerte fast zwei Stunden, und er endete damit, dass der Riese aufstand und sagte, er sei müde, woraufhin er mich verabschiedete, indem er mir mit einer seiner gewaltigen Hände zuwinkte. Während ich auf der schmalen Straße in Richtung Serralongue zurückfuhr, sagte ich mir, als Erstes müsse ich unbedingt die Gegend kennenlernen, wo der Riese seine Heldentaten vollbracht hatte, die Wege entlanglaufen, auf denen er und Oriol unterwegs gewesen waren, um zu sehen, was sie dort gesehen hatten und wie sie den Geruch der Kräuter und Kiefern einatmen und die heftigen Windstöße im Gesicht spüren. Vor allem aber, um die Hütte irgendwo da oben in diesem Winkel der Pyrenäen zu finden, in der Novembre als Ziegenhirt gelebt hatte, während er verirrte republikanische Soldaten rettete, und später dann, in all den Jahren, in denen wir ihn für tot hielten, auch mein Großonkel Oriol. Nicht nur die Schuld trieb mich um, ich wollte auch Licht in diese Geschichte bringen, die ebenfalls die meine war. Etwas mehr als ein Jahr lang besuchte ich den Riesen immer wieder und entwickelte mit der Zeit ehrliche Zuneigung zu ihm; ging es mir zunächst nur darum, dem Leben meines Großonkels nachzuspüren, empfand ich allmählich auch das Bedürfnis, seinem einstigen Beschützer etwas Gutes zukommen zu lassen. Anfangs brachte ich bloß ein paar Dosen Coca-Cola oder einen ordentlichen Turrón mit, bis ich schließlich jedes Mal eine ganze Kiste Lebensmittel aus einem Supermarkt kurz vor der Abzweigung nach Lamanère mit im Kofferraum hatte. Ein paar Tage nach unserer ersten Begegnung bestieg ich wieder mein Auto und brach zu einem neuerlichen Ausflug in die Pyrenäen auf; dieses Mal folgte ich jedoch den Anweisungen, die ich mir mithilfe einer Luftaufnahme des Gebiets und anhand von Novembres Erzählung in einem Notizbuch zurechtgelegt hatte. Ich musste die Hütte finden, wo Oriol neben der verunglückten Ziege ins Leben zurückgekehrt war, den Ort, an dem der Bruder meines Großvaters sich von seiner bisherigen Existenz verabschiedet hatte und ein anderer geworden war. Glaubte man der Luftaufnahme, die ich Google Earth entnommen hatte, war es einfacher, von der spanischen Pyrenäenseite aus dorthin zu gelangen, weshalb ich zunächst nach Camprodón fuhr und von dort eine schmale Landstraße bis hinauf nach Espinavell nahm; von hier ging es, bereits kurz unterhalb des Gipfels, auf einem steinigen Feldweg weiter, der auf der anderen Seite des Berges nach Frankreich hinabführte. Die Angaben, die ich Novembres Monolog entnommen hatte, waren reichlich unbestimmt und vage gewesen; als ich mich jedoch nun vor Ort befand und in der Ferne den massigen Canigó und die ringsum liegenden Berge erblickte, hatte ich den Eindruck, um in dieser so weitläufigen Gegend tatsächlich auf die Hütte zu stoßen, bleibe mir gar nichts anderes übrig, als mich auf den einen oder anderen Impuls und auf meinen Instinkt zu verlassen. Ich ließ das Auto stehen und lief über eine Stunde lang in östlicher Richtung, möglichst immer auf gleicher Höhe und in Richtung des Punktes, wo der Google entnommenen Aufnahme nach Lamanère liegen musste. Dass ich mit dem Auto von Barcelona gerade einmal zwei Stunden bis hierher gebraucht hatte, schien mich jetzt förmlich daran zu hindern, ein wirkliches Gefühl für die Weitläufigkeit dieser Gegend zu entwickeln. Zudem störten mich mehrere Anrufe, die auf meinem Mobiltelefon eingingen und von mir beantwortet werden wollten. Es war äußerst unangenehm, mitten im Gebirge von plötzlichen Klingeltönen aus seinen Gedanken gerissen zu werden. Natur und Technik waren eben doch nicht so ohne Weiteres miteinander zu versöhnen; die Anrufe riefen mir hartnäckig in Erinnerung, dass die mich umgebende Landschaft, die sich seit Urbeginn der Zeiten kaum verändert hat, inzwischen von einem dichten Netz von Funkwellen durchzogen ist und unter ständiger Beobachtung durch das große Auge Googles steht. Zwangsläufig macht sie das zu einem Teil der von der Technik beherrschten Welt, einer Welt, zu der die dichten Wälder um mich herum und die leichte Brise, die in diesem Augenblick über die Höhe strich, kaum in größerem Gegensatz stehen konnten. Ich hätte das Telefon natürlich bloß auszustellen und nicht mehr über Funkwellen und was die Moderne sonst noch so alles in Schwingungen versetzt nachzudenken brauchen und das Gebirge damit womöglich in seinen Urzustand zurückversetzt, dummerweise diente das Telefon mir aber dazu, mir anzuzeigen, wo genau die spanisch-französische Grenze verlief: Da die Gebiete zu beiden Seiten jeweils unterschiedlichen Telefongesellschaften zugeteilt sind, erschien, sobald ich bei meinem ein wenig unsteten Dahinwandern entlang des Höhenzugs die virtuelle Linie überquerte, die Spanien und Frankreich voneinander trennt, auf dem Display entweder das Symbol von Movistar oder aber das von Bouygtel. Was man für eine bloße Spielerei halten könnte – »jetzt bin ich in Spanien, aber ich brauche bloß einen Schritt zu gehen, und schwupps, schon bin ich in Frankreich« –, war jedoch im Gegenteil für mich von großer Bedeutung, schließlich kam es sehr wohl darauf an, auf welcher Seite der Grenze sich Novembres Hütte befunden hatte; es ordnete seine Geschichte in einen größeren Bezugsrahmen ein und verlieh vor allem einer Episode, die er mir erzählt hatte, ein ganz eigenes Gewicht. Als ich etwas mehr als eine Stunde so dahinmarschiert war, immer darum bemüht, mithilfe meines Telefondisplays den Grenzverlauf nachzuzeichnen, sah ich in der Ferne eine Steinhütte, ein kleines, am Abhang errichtetes Häuschen, das bei der nächstbesten Bö oder dem Zusammenstoß mit einer Ziege einzustürzen beziehungsweise Richtung Tal in die Tiefe zu rutschen drohte. Das musste Novembres Hütte sein, in Richtung Lamanère war nirgendwo etwas Vergleichbares auszumachen, außerdem entsprach sie haargenau der Beschreibung des Riesen.

»Eine einsame Hütte mit zwei Kaminen, sieht aus, als rutscht sie jeden Augenblick den Berg hinab«, hatte Novembre, der Ziegenhirt aus den Pyrenäen, mir ständig zwischen Französisch und Katalanisch hin und her wechselnd erklärt. Zu welchem Land sie dort, wo sie stand, genau am Abhang, gehörte, war nicht eindeutig auszumachen; zu Frankreich, hätte ich gesagt, allerdings hatte ich im Verlauf meiner Wanderung festgestellt, dass die von den Telefongesellschaften so gewissenhaft festgelegte elektronische Grenze keineswegs, wie von mir angenommen, in gerader Linie den Höhenkamm entlang verlief, sondern immer wieder Mäander bildete, die dafür sorgten, dass Frankreich sich ein Stück aus Spanien herausschnitt, und umgekehrt. Die Grenzen Europas, die früher auf Landkarten festgelegt waren, werden heute durch Unternehmer bestimmt, durch die Besitzer von Telefongesellschaften zum Beispiel oder von Banken oder Fluglinien. Um sich davon zu überzeugen, dass die Grenzen in Europa keineswegs abgeschafft sind, sondern heute bloß von jemand anderem verwaltet werden, braucht man nur einmal einen Anruf von Spanien nach Frankreich zu bezahlen, ein Flugzeug zu besteigen oder Geld von einem Land ins andere zu überweisen. Nachdem ich von meinem ursprünglichen Weg entlang des Höhenkamms nur wenige Meter abgewichen war und mich der Hütte näherte, war jedenfalls klar, dass diese sich in Frankreich befand, denn auf dem Display meines Mobiltelefons erschien das Symbol von Bouygtel. Als ich schließlich vor der Tür stand, versuchte ich mir vorzustellen, welchen Anblick Novembre geboten haben mochte, als er, auf einer Schulter Oriol, auf der anderen die Ziege tragend, ebendiese Stelle erreicht hatte und sich hinabbeugte – und wahrscheinlich zusätzlich zur Seite drehte –, um eine Öffnung zu durchqueren, die natürlich für Leute von durchschnittlicher Größe gedacht war. Zudem musste dieser Riese durch die zwei Körper, die er mitschleppte, noch ein beträchtliches Stück größer geworden sein. Im Innern der Hütte setzte er seine Last auf dem Boden ab und machte Feuer im Kamin. Während mein Großonkel sich hier von seiner bisherigen Existenz verabschieden sollte, gab Novembre der seinen von nun an eine neue Richtung: Nach dieser ersten Rettungsaktion hatte er den Eindruck gewonnen, er könne nicht nur Ziegen hüten, sondern auch Leuten beistehen, die sich im Gebirge verirrt hatten, und ohne weiter darüber nachzudenken – ihm genügte zur Einsicht, was er mit eigenen Augen gesehen hatte –, machte er sich an die Arbeit. Als Oriol die Augen aufschlug, stellte er fest, dass er sich, in eine Decke gewickelt, im Innern eines ihm fremden Hauses befand; neben ihm eine Ziege, die unaufhörlich seine Knie beschnupperte. Das Letzte, woran er sich erinnern konnte, war sein so hartnäckiger wie aussichtsloser Kampf gegen den Pyrenäensturm. Jenseits der Ziege und seiner Füße sah er einen hünenhaften Mann, der sich vor einem Kamin auf den Knien niedergelassen hatte, um Holz nachzulegen. Sein anfängliches Erstaunen dauerte jedoch bloß wenige Sekunden; dann wurde es sogleich von dem Schmerz in seinem Bein überdeckt. Ohne die wohltätige Taubheit, für die die eisige Gebirgsluft gesorgt hatte, war der Schmerz nicht auszuhalten. Oriol gab ein lautes Stöhnen von sich, das die Ziege erschrocken zur Wand zurückweichen ließ und den Riesen dazu brachte, sich zu ihm umzudrehen und gleich darauf erstaunlich schnell aufzurichten. Oriol sah ihn, ein wenig zusammengekrümmt, weil die Zimmerdecke nicht für seine Körpergröße gemacht war, auf sich zukommen. In diesem Augenblich schoss im Rücken des Mannes eine schwefelige Stichflamme empor und tauchte den Raum in ein höllengleiches Licht, woraufhin Oriol den Schmerz in seinem Bein wie auch den quälenden Hunger und Durst vergaß – an ihre Stelle trat die Todesangst vor diesem Fremden, der ihm mit einem einzigen Prankenhieb den Kopf vom Leib reißen konnte. »Bonjour«, sagte Novembre mit zahnlückigem Lächeln, was keineswegs ausreichte, um sein Gegenüber zu beruhigen, erst recht nicht, da er in der einen Hand einen Schürhaken hielt, bei dessen Anblick man unter diesen Umständen unweigerlich an eine Mordwaffe denken musste. Ein kurzer Wortwechsel genügte, um Novembre begreifen zu lassen, dass sein Gast kurz davor war zu sterben. Ohne einen Gedanken daran zu verschwenden, dass es nach Mitternacht war und draußen weiterhin der Schneesturm tobte, brach er auf, um Hilfe zu holen, und kehrte eine Stunde später in Begleitung einer Frau mit einem schwarzen Mantel zurück, dessen Saum weiß vom Schnee war. Ihren Kopf bedeckte ein schleierartiges Tuch, das sie, während sie sich neben dem Schwerverletzten auf die Knie niederließ, bedächtig zur Seite zog, bis in ihrem Gesicht zwei tiefgrüne Augen freigelegt wurden, die sie zunächst auf die Wunde und dann auf das flehende Antlitz Oriols richtete, der im Verlauf der vergangenen Stunde immer wieder geglaubt hatte, nun gehe es endgültig ans Sterben. Bekannt ist, dass Oriol, sobald er den Blick jener Frau auf sich liegen fühlte, das Bewusstsein verlor. Wie auch bekannt ist, dass die Ziege, die bis dahin demütig den nahenden Tod erwartet hatte, sich beim Eintreten der Frau sofort aufgerappelt und angefangen hatte, wild meckernd herumzuspringen. Darüber, was danach geschah, ist jedoch kaum etwas bekannt, soll heißen, bekannt ist lediglich das Ergebnis des daraufhin durchgeführten Eingriffs: Es bestand darin, dass Oriol drei Tage später das Bewusstsein wiedererlangte, um entsetzt festzustellen, dass ihm ein Bein fehlte. Wie hatte die Frau in einer Hütte, in der es nicht bloß am passenden Werkzeug, sondern darüber hinaus auch an so grundlegenden Dingen wie Wasser und einem Bett mangelte, eine derartige Operation durchführen können? Novembres Schilderung der Begleitumstände bleibt jedenfalls schwer nachvollziehbar, stimmt dafür aber sowohl mit dem Ergebnis meiner Nachforschungen in dieser abgelegenen Pyrenäengegend – wo derlei offenbar gar nicht so selten vorgekommen war – als auch mit den Antworten von auf Amputationen spezialisierten Chirurgen aus insgesamt drei Barceloneser Krankenhäusern überein. Deswegen blieb mir zuletzt nichts anderes übrig, als zu glauben, dass es tatsächlich so abgelaufen ist, wie man es mir ein halbes Dutzend Mal erklärt hat. Beim Versuch, mir die Szene vorzustellen, sehe ich weniger einen Film als vielmehr eine Folge von Momentaufnahmen vor mir: den Riesen, wie er rittlings auf Oriol sitzt, die Ziege, die sich entsetzt meckernd an die Wand presst, die vom Widerschein des Feuers beleuchtete Frau, angespannt und steif von der ungeheuren Anstrengung, die die Operation ihr abverlangt; linienförmig zeichnet sich von ihrem Hals bis über die Schlüsselbeine hinaus ihre Muskulatur ab, eine Schulter ist entblößt und bei jedem neuerlichen Aufflammen des Feuers glitzert ihr struppiges schwarzes tausendjähriges Haar, das etwas von einer wild wuchernden Pflanze hat, während ihre grünen Augen sich immer mehr verdunkeln; zugleich fällt ihr immer wieder eine Haarsträhne in die Stirn und raubt ihr die Sicht; sie streift sie zurück und hinterlässt dabei eine blutige Spur, doch das Blut breitet sich nur immer mehr aus und ist bald überall, an Händen, Unterarmen, Schultern, Schlüsselbeinen, am Haar und auch an dem weißen Schnee, der immer noch den Mantel der Frau säumt und bei jedem neuerlichen Aufflammen des Kaminfeuers zu glitzern beginnt.

4

All das erzählte Novembre, während er in seinem ächzenden Sessel saß, der bei jeder Bewegung des Riesen in sich zusammenzubrechen drohte. Seine Erzählung erfolgte in Gestalt mehrerer langer Monologe, die unweigerlich von dem eingeschalteten Fernsehgerät begleitet wurden. Anfangs störte mich das; später jedoch lernte ich, dies als unverzichtbaren Bestandteil des Ganzen hinzunehmen: Wenn der Fernseher eingeschaltet war, beförderte das gewissermaßen Novembres Erzählfreude, wohingegen er, wenn wir gemeinsam Ausflüge in die Umgebung unternahmen, schweigsam, in sich gekehrt, ja geradezu abweisend wurde, sobald ich versuchte, ihm weitere Einzelheiten zu entlocken. Im Lauf der Monate, in denen ich ihn immer wieder besuchte, entwickelte ich eine große Zuneigung zu ihm, die zu gleichen Teilen Mitleid und Bewunderung enthielt. Er tat mir leid, weil er so allein und unter so erbärmlichen Verhältnissen in diesem abgelegenen Dorf lebte; andererseits war ich jedes Mal stolz wie ein Kind, wenn ich an der Seite dieses Mannes, der mir, mit meiner Normalgröße, baumhoch vorkam, durch den Wald spazieren durfte. Oft malte ich mir aus, wie es wäre, wenn ich ihn nach Barcelona mitnähme und zu Hause den Kindern vorstellte. »Seht mal, das ist mein Freund Novembre, von dem ich euch schon so viel erzählt habe.« Und meine Kinder würden ihn, trotz meiner Worte, ein wenig misstrauisch beäugen und zusehen, wie er sich zunächst mühsam durch den Türrahmen zwängte, um sich anschließend, so gut es ging, mit gebeugtem Kopf im Zimmer aufzurichten, wobei seine Schulterblätter die Zimmerdecke streiften. Vor allem aber eröffnete dieser Riese mir einen Zugang zur Wahrheit, durch den sich Oriols verfrühter Tod, den wir zu verantworten hatten, in gewisser Hinsicht rückgängig machen ließ. Andererseits kam mir, je mehr Einzelheiten ich darüber erfuhr, wie Oriols Leben tatsächlich verlaufen war, das Schicksal, das wir für ihn erdacht hatten, um vieles gnädiger und makelloser vor. Jedenfalls war es eindeutig der dunklen und beunruhigenden Geschichte vorzuziehen, von der mir der Riese selbst – weil er nicht wollte oder seinerseits nichts davon wusste oder schlichtweg zu beschränkt war – allerdings nie ein Wort erzählte. Auf deren Fährte brachte mich vielmehr die Frau, die mir in Argèles-sur-Mer den fleckigen Brief und das Foto in die Hände gedrückt hatte. Ebendiese Landstreicherin stellte sich eines Nachmittags, im Gesicht den mir bereits bekannten spöttischen Ausdruck, lärmend in Novembres Haus ein und unterbrach dessen Vortrag mit einer Dreistigkeit, wie sie nur zwischen Paaren erlaubt ist, die es schon so lange miteinander ausgehalten haben, dass ihre Beziehung selbst durch noch so rücksichtsloses Verhalten keinen ernsthaften Schaden mehr nehmen kann. Auch wenn ich ehrlich gesagt nicht genauer angeben könnte, welche Art von Beziehung zwischen dieser abstoßenden Frau und dem Riesen bestand, der, wie bereits erwähnt, tatsächlich ein wenig beschränkt war. Diesen Nachmittag beanspruchte die Frau jedenfalls für ihren Monolog; sie schaltete kurzerhand den Fernseher ihres Freundes aus, um sich vor dem Bildschirm aufzubauen und davon zu berichten, wie sie seinerzeit mitbekommen hatten, dass ich Oriol in meinem Buch einfach hatte sterben lassen. Dass Novembre das Buch nicht gelesen hatte, war mir aufgrund einiger seiner Bemerkungen schon seit Längerem klar gewesen; nicht gelungen war es mir jedoch bis dahin, herauszufinden, wie die beiden eigentlich von der Buchvorstellung erfahren hatten. »Ganz einfach«, sagte die Landstreicherin, lächelte mich ebenso sarkastisch an wie bei unserer ersten Begegnung und suchte dann immer wieder verschwörerisch den Blick Novembres, der seinerseits reglos im Sessel verharrte, als wäre die Frau ihm gegenüber bloß eine der Gestalten aus seinen Fernsehsendungen. »Wir haben dich im Radio reden hören, was du erzählt hast, und wegen deinem Nachnamen haben wir gedacht, es geht um denselben Oriol.« Von dem Veranstaltungsort hätten sie wiederum durch ein Plakat erfahren, das sie in Serralongue gesehen hatten. Zuerst hätten sie aber geglaubt, sie hätten sich getäuscht. »Als ich dir nämlich das Foto gegeben habe, hat man dir gar nichts angemerkt«, sagte sie herausfordernd, so, als ob ich an dem Tag bewusst den Gleichgültigen gespielt hätte, während ich in Wirklichkeit doch bloß durch ihre Aufdringlichkeit und das verdreckte Mitbringsel ein wenig überrumpelt gewesen war. »Das ist er nicht«, habe sie jedenfalls bei ihrer Rückkehr zu Novembre gesagt, und das hätten die folgenden Tage ja auch erst einmal bewiesen, so lange wenigstens, bis ich mich dazu durchgerungen hatte, nach Lamanère zu fahren und mir erneut ein Kapitel unserer Familiengeschichte vorzunehmen, das eigentlich längst als endgültig abgeschlossen gegolten hatte. »Mir war nichts anzumerken, weil ich das Foto gar nicht richtig sehen konnte, ich hatte nämlich kurz davor die Brille abgenommen«, erwiderte ich, woraufhin die Frau wie verrückt zu lachen anfing, während der Riese sie weiterhin wie eine Figur aus dem Fernsehen betrachtete. Seit diesem Nachmittag tauchte die Landstreicherin, die eigentlich Sonia hieß, immer wieder einmal bei Novembre auf; plötzlich erschien sie im Haus und fing an, in der Küche oder in einem Schrank herumzusuchen, oder sie verlangte in einem für mich unverständlichen, schnell dahingesprochenen Mischmasch aus Französisch und Katalanisch etwas von dem Riesen. Als ich eines Abends gerade ins Auto steigen wollte, um nach Barcelona zurückzufahren, packte mich diese seltsame Frau, deren Gegenwart mir weiterhin unangenehm war, am Arm, näherte ihr Gesicht dem meinen und sagte: »Zu Isolda müsstest du mal gehen.« – »Zu wem?«, fragte ich und rückte instinktiv ein Stück von ihr ab, sosehr ich mich auch bemühte, mir nicht anmerken zu lassen, dass ihre Hand mir Ekel einflößte. »Das ist eine Frau, die viele Sachen über deinen Onkel weiß.« »Was für Sachen?«, fragte ich, vielleicht ein wenig heftig, weil ihre knochige und von Wind und Wetter gegerbte Hand inzwischen schon viel zu lange auf meinem Arm lag, was ich kaum noch ertragen zu können glaubte. »Die Sachen, die Novembre dir nie erzählen würde, er hat deinen Onkel nämlich bewundert und lieber immer so getan, als sieht er nichts.« Bei diesen Worten traf mich ihr Atem mitten im Gesicht, eine Mischung säuerlich-fauliger Gerüche, die vom Bodensatz aller nur vorstellbaren Dinge herzurühren schien. »Wenn du willst, bring ich dich mal zu ihr«, sagte sie und blies mich erneut mit ihrem Pesthauch an, der noch wie eine kleine Gewitterwolke in der Luft schwebte, als sie sich längst abgewandt und mich mit dem Schlüssel in der Hand neben dem Auto hatte stehen lassen. Ich verspürte das beunruhigende Gefühl, dass ich im Begriff war, Dinge ans Tageslicht zu befördern, die man womöglich besser auf sich beruhen ließ.

5

Darüber, was unmittelbar nach der Amputation geschah, ist kaum etwas bekannt. Novembre vergrub das abgeschnittene Bein, bevor sein Gast das Bewusstsein wiedererlangt hatte, womit dieser so unangenehme Teil der Angelegenheit erledigt war; Oriol seinerseits wollte sich die betreffende Stelle offenbar nie zeigen lassen, und er fragte wohl auch niemals, wie sich die Sache im Einzelnen abgespielt hatte. Trotzdem muss meinem Großonkel natürlich eine Unmenge von Dingen durch den Kopf gegangen sein, als er aufwachte und feststellte, dass ihm ein Bein fehlte. Was denkt einer wohl in solch einem Augenblick? Wie geht man mit der Erkenntnis um, dass ein Teil von einem selbst gestorben und beerdigt worden ist? Ich bin jedenfalls der Meinung, dass Oriol sich von diesem Augenblick an in jemand anderen verwandelte, das legt auch die Chronologie der Ereignisse nahe, soweit ich sie in Erfahrung habe bringen können. Es lässt sich auch schwerlich übersehen, welch ungeheure symbolische Bedeutung einem amputierten Bein zukommt; zum einen bezeichnet es einen Verlust, eine schmerzhafte Trennung vom bisherigen Dasein, zum anderen eine Verwandlung, es macht den bis dahin vollständigen Menschen zum Versehrten. Im Fall von Oriol sollte es eine unaufhaltsame Entwicklung hin zu einem Zustand der Verderbtheit und animalischen Wildheit, einen Sturz in die Abgründe der menschlichen Gattung einleiten. Irgendwann nachdem Oriol sich, offensichtlich widerstandslos, in sein Krüppeldasein gefügt hatte, muss jedenfalls eines frühen Morgens, als es draußen heftig schneite, der Riese wie eine Dampflokomotive in voller Fahrt in der Hütte erschienen sein, so dass die Wände unter seinen stampfenden Schritten erzitterten. Gleich darauf gab Novembre ein wildes Schnauben von sich, dessen Echo im Kamin widerhallte. Sein Bart und seine Haare waren voller Schnee, und in den Armen hielt er einen von Kopf bis Fuß mit Eis bedeckten bewusstlosen Soldaten. Bekannt ist, dass diesem Soldaten weiter nichts fehlte, er war nur vollkommen erschöpft und durchgefroren und brauchte einen ganzen Tag, um allmählich aufzutauen und wieder zu sich zu kommen, während Oriol in aller Seelenruhe das Feuer in Gang hielt. Damals zog der Riese bereits Nacht für Nacht los, um verirrte republikanische Soldaten einzusammeln; er schnappte sich jedes Mal sein Bündel mit allem, was er möglicherweise bei den Bergungsarbeiten benötigen würde, und stapfte entschlossen davon. Als der vor dem Erfrieren gerettete Soldat wieder bei Bewusstsein war und sich verwirrt umsah, beruhigte er sich schlagartig, als ihm klar wurde, dass der Mann, der da mit geradezu bewusst zur Schau gestellter Nachlässigkeit Äste ins Feuer warf, die Uniform seines eigenen Heeres trug. Sogleich durchströmte ihn die selige Gewissheit, dass er dem Feind entronnen war, und das allein war mehr, als er geglaubt hatte, hoffen zu dürfen. Er war mehrere Wochen nach Oriol aus Spanien geflohen und hatte so den Rachefeldzug der Franquisten in voller Härte miterlebt: Die Vergeltungssucht des Diktators beschränkte sich nicht auf die Soldaten, die den Krieg verloren hatten, sondern erstreckte sich ebenso auf deren Familien und darüber hinaus auf jeden, der irgendwann auch nur im Geringsten zu erkennen gegeben hatte, dass er der Republik etwas abgewinnen konnte. Gleich nach ihrer ersten Unterhaltung war Oriol klar, dass ihm nicht nur die Rückkehr ins Heimatland verwehrt war, er durfte auch keinesfalls den Versuch unternehmen, Verbindung zu seinen dort verbliebenen Angehörigen aufzunehmen – was er zu diesem Zeitpunkt ohnehin noch nicht getan hatte –, denn egal, ob Brief, persönlich überbrachte Botschaft oder kurzer Telefonanruf, alles konnte von der franquistischen Polizei abgefangen oder mitgehört werden und seine Frau oder die übrigen Familienangehörigen in ernste Gefahr bringen. Jetzt, wo ich dies niederschreibe und zudem die ganze Geschichte kenne, frage ich mich allerdings, ob die Befürchtung, er könne seiner Frau oder sonst jemandem aus der Familie schaden, für Oriol tatsächlich Grund genug war, um weder zu schreiben noch anzurufen. Es ist vielleicht ebenso gut möglich, dass er sich durch die Enthüllungen des Soldaten geradezu erleichtert fühlte, weil sie ihn von der Pflicht befreiten, sich mit den anderen in Verbindung zu setzen. Leicht wäre es ihm jedenfalls sicher nicht gefallen, seiner Frau, sei es brieflich oder am Telefon, etwa das Folgende mitzuteilen: »Ich lebe jetzt wie ein Landstreicher mitten im Gebirge und wohne in der Hütte eines Riesen, der eine Ziegenherde sein Eigen nennt, aber das ist noch nicht alles, inzwischen bin ich auch ein Krüppel, man hat mir nämlich ein Bein amputiert.« Da war es für ihn als ohnehin Ausgestoßenen doch viel einfacher – muss mein Großonkel sich gesagt haben –, nicht weiter darüber nachzudenken und stattdessen zu sehen, dass er sich irgendwie über Wasser hielt. So verwandelte sich Oriol mit der Zeit in eine Art Familienangehörigen des Riesen oder in dessen Anhängsel, genauer gesagt. Seine eingeschränkte Beweglichkeit und seine geringe Neigung zu körperlicher oder seelischer Anstrengung versetzten ihn in einen Zustand nahezu völliger Willen- und Reglosigkeit, den er nur aufgab, wenn es darum ging, den Riesen bei einem seiner Ausflüge nach Lamanère zu begleiten.

Das Leben in der kleinen Pyrenäenhütte wurde durch die Bedürfnisse der Ziegen geregelt. Bekannt ist, dass Oriol mit Hand anlegte, wenn die Tiere gemolken oder kleinere Reparaturen am Stall durchgeführt werden mussten. Zog der Riese jedoch mit den Tieren den Berg hinauf, blieb Oriol allein zurück und warf, auf seiner Pritsche liegend, missmutig Stöckchen ins Kaminfeuer und hing seinen trüben Gedanken nach. Die einzige Abwechslung in diesem pflanzengleichen Dämmerzustand stellten die geflohenen Republikaner dar, die in unregelmäßigen Abständen in der Hütte erschienen. Diese von dem Riesen aufgelesenen Soldaten ermöglichten es Oriol, sich ein ziemlich genaues Bild der Vorgänge in Spanien wie auch der Guerillagruppen zu machen, die sich in der Umgebung der Pyrenäen bildeten. Bekannt ist, dass Oriol während dieser Monate sein stummes Selbstgespräch zeitweilig unterbrach, um mit einem Dutzend oder mehr republikanischer Soldaten Unterhaltungen zu führen; und nicht nur einer von ihnen kehrte danach zurück, um Oriol zu überreden, sich, soweit seine Behinderung es zuließ, ihrem Widerstand gegen Franco anzuschließen, der später, nach der Besetzung Frankreichs durch die Deutschen, mit der französischen Widerstandsbewegung verschmolz. Dieser Umstand versetzte die Welt außerhalb der Hütte in eine völlig neue Lage, was auch Auswirkungen – der denkbar schlimmsten Art – auf Oriols Gleichgültigkeit haben sollte. Sicherlich hatte es auch mit der geographischen Beschaffenheit der Umgebung zu tun, die es möglich machte, sich mehr oder weniger unbemerkt fortzubewegen, jedenfalls tauchte von einem Tag auf den anderen eine beträchtliche Anzahl von Leuten auf, die einzeln, zu zweit oder als ganze Familien auf der Flucht vor den Deutschen waren und sich auf diesem Weg nach Spanien durchschlagen wollten, um von dort aus nach England oder Amerika zu entkommen. Zu diesem Zeitpunkt der Geschichte versteifte ich mich noch darauf, Oriols Teilnahmslosigkeit nur als die typische Reaktion eines Menschen zu betrachten, der sich, nachdem er nahezu alles verloren hat, selbst eines seiner Beine, völlig gegen die Außenwelt abschottet, um seine Panzerung erst Jahre später, wenn sich der Sturm in seinem Inneren beruhigt hat, wieder abzulegen. Wie es bei Menschen, die einen Krieg verloren und auf einen Schlag alles haben aufgeben und fortgehen müssen, nicht weiter verwundert. Manchmal versuchte ich auch, mir einzureden – wie um Oriol einen Ausweg aus dieser Abschottung zu eröffnen und sie nicht so sehr auf die psychiatrische Perspektive einzugrenzen –, mein Großonkel habe ganz einfach auf eine Tugend zurückgegriffen, die, so beschränkt sie ist, in der jüdisch-christlichen Welt größte Wertschätzung erfährt und gemeinhin als Schicksalsergebenheit bezeichnet wird.

Die Frau, die die einzige Bar von Lamanère betreibt und genau wie Novembre den ganzen Tag bei laufendem Fernseher zubringt, erinnerte sich noch daran, wie es war, wenn dieses ungleiche Paar seinerzeit im Dorf erschien. Sie sah sie schon von Weitem den Abhang hinabkommen, Novembre mit seinen stampfenden, wenn auch jetzt ein wenig unsicheren Schritten, zwei Milchkübel an einer Schnur um den Hals tragend, und in seinen Armen der sich zusammenkauernde Oriol, der die Krücke zwischen die Beine – zwischen das Bein und den Beinstummel – gesteckt und die Arme wie ein Ertrinkender um Novembres Hals geschlungen hatte. »Wie ein kleines Kind, das Angst hat, dass man es fallen lässt«, sagte die Frau, während sie die Wurst aufschnitt. Kurz bevor sie die ersten Häuser des Dorfes erreichten, wollte Oriol, der sich offensichtlich schämte, immer hinuntergelassen werden, und von da an gingen sie nebeneinander her, so schnell – oder langsam – die Krücke es erlaubte. Jedes Mal absolvierten sie dasselbe Programm: Zuerst ging es in den Laden, um Proviant zu besorgen und die frisch gemolkene Milch zu verkaufen, dann begrüßten sie den einen oder anderen Nachbarn, der auf der Straße unterwegs war – die meisten zogen es allerdings vor, ihnen aus dem Weg zu gehen oder so zu tun, als sähen sie sie nicht –, und zuletzt landeten sie unweigerlich in der Bar, die sich, abgesehen von dem Fernseher mit den Rugbypartien und den seither vergangenen Jahren, nicht im Geringsten verändert hat. Die zwei wurden im Ort sehr wohl wahrgenommen, manchen waren sie sogar sympathisch, die meisten jedoch betrachteten ihre Verbindung als geradezu wider die Natur, eine Zumutung für dieses friedliche Gemeinwesen, wo man ihnen schon bald den Spitznamen »la bête et le petit soldat« verlieh. Das weiß ich allerdings nicht von dem Riesen selbst, der die Bezeichnung weniger lustig gefunden haben dürfte, falls er überhaupt jemals davon erfahren hat, sondern ich erfuhr es durch eine Zeichnung, die die Besitzerin der Bar aufbewahrt hat und die sie mich wie zufällig sehen ließ, als ich wieder einmal bei ihr eingekehrt war. Im Fernsehen lärmte die unvermeidliche Rugbypartie. »Regardez votre ami«, sagte sie mit einem so berechnenden wie boshaften Unterton, um mir, sobald ich ihrer Einschätzung nach genug gesehen hatte – gerade so viel, dass mir klar sein musste, dass mein Freund in seinen fernen Jugendtagen komische, in den Augen seiner Nachbarn reichlich befremdliche Dinge gemacht hatte –, die Zeichnung unter den Händen fortzuziehen und durch die Rechnung für Wein und Wurst zu ersetzen. Bekannt ist, dass Oriol sich bei einem dieser Besuche in Lamanère dazu durchrang, einen Anruf zu tätigen, *den* Anruf nach Barcelona. Die Entscheidung kam offensichtlich aus einem plötzlichen Antrieb heraus, jedoch viel zu spät, schließlich war er bereits vor über zwei Jahren verschwunden, weshalb seine Familie ihn längst für tot hielt. Aber trotzdem, auf einmal wollte er wissen, wie die Dinge dort standen, und den anderen mitteilen, dass er, wenn auch ein Krüppel, noch am Leben war, und wahrscheinlich wollte er außerdem herausfinden, ob es irgendeine Möglichkeit zur Rückkehr für ihn gab. Nehme ich zumindest an, und der Riese sieht es ähnlich; je tiefer ich allerdings in Leben und Werk dieses meines Verwandten eindringe, desto weniger verstehe ich die Beweggründe seiner Entscheidungen und Handlungen. Wie auch immer, jedenfalls rief Oriol, wahrscheinlich um seine Familie nicht in Gefahr zu bringen, Pepín an, einen Vetter seiner Frau, der in Barcelona geblieben war und seiner Einschätzung nach über die Lage seiner Kusine Bescheid wissen musste. Pepín gab ihm kurz und knapp zu verstehen, dass seine Kusine, also Oriols Frau, seit dem Kriegsende eine aufwühlende Zeit durchgemacht hatte, während der sie bald von Wutanfällen, bald von quälenden Ängsten heimgesucht worden war, dass die Stimmungsschwankungen, die zeitlebens typisch für sie gewesen waren, aufgrund der angespannten häuslichen Situation immer mehr zugenommen hatten, dass die franquistische Polizei bei ihnen erschienen war und Oriols und Arcadis Vater ins Modelo-Gefängnis verschleppt hatte, und dass das völlige Ausbleiben irgendwelcher Lebenszeichen von ihm, Oriol, seine Frau schließlich einige Monate vor diesem unseligen Anruf dazu gebracht hatte sich im Treppenhaus zu erhängen, und zwar mithilfe eines seiner Gürtel, den sie in ihrer wütenden Verzweiflung am Geländer festgeknotet hatte. Bekannt ist auch, dass Pepín wenige Tage nach dem Anruf bei sich zu Hause verhaftet und gleich darauf in La Bota, ganz in der Nähe von Barcelona, auf offenem Feld erschossen wurde; man hatte ihn beschuldigt, an einer Verschwörung gegen die neuen Machthaber beteiligt zu sein; das Ganze hatte aber, so wie es aussieht, mit Oriols Anruf nichts zu tun. Durch Pepíns so plötzlichen Tod verschwand nicht nur dieser selbst in einem Massengrab, sondern auch die Nachricht, dass Oriol noch am Leben war. Andernfalls hätten wir vielleicht erfahren, dass unser Onkel nicht im Februar 1939 in den Pyrenäen umgekommen war. Bekannt ist dafür, dass Oriol seither zu niemandem mehr Verbindung aufzunehmen versuchte, zu niemandem aus seinem früheren Leben, meine ich. Stattdessen richtete er seine Aufmerksamkeit fortan ganz auf sein neues Leben, auf dieses düstere, nur aufs unmittelbar Notwendige beschränkte Leben, das gar nicht zu jemandem wie ihm passte, der viele Jahre die Schule besucht und sich durchaus eine gewisse Bildung angeeignet hatte und eigentlich dazu berufen war, als Pianist historische Soloauftritte in Argentinien, Frankreich oder England zu absolvieren. An dieser Stelle sollte ich vielleicht einräumen, dass es ein wenig hinterhältig und unfair ist, über Dinge zu urteilen – was für Dinge auch immer –, die jetzt, zu Beginn des 21. Jahrhunderts, siebzig Jahre zurückliegen, über eine Situation, die ich nie erlebt habe, nämlich durch einen Krieg alles zu verlieren; das sagt sich so einfach und ist schon so oft wiederholt worden, dass es jegliche tiefere Bedeutung eingebüßt zu haben scheint. Es gibt so viele Kriege auf der Welt und so viele Essays und Romane und Filme über den Spanischen Bürgerkrieg, und in allen kommt ständig dieser schon tausendmal gesagte Satz vor – »im Krieg alles verlieren« –, und trotzdem, dennoch und was man auch sagt, man braucht nur einmal innezuhalten und einen Moment lang an nichts anderes zu denken, um zu begreifen, dass dieser Satz etwas Schwerwiegendes und Hartes und Entscheidendes besagt, etwas, was durchaus dazu führen kann, dass ein Menschen den Verstand verliert. Damit will ich das, was ich im Folgenden über Oriol zu erzählen habe, nicht entschuldigen – ich will bloß erzählen, was ich bis heute habe in Erfahrung bringen können, und dabei den Versuch unternehmen, nicht darüber zu urteilen.

Indem die Zahl der Flüchtlinge in den Pyrenäen immer mehr zunahm, war auch der Riese gezwungen, seine Rettungsmaßnahmen anders zu gestalten. Immer öfter sah er sich vor die Notwendigkeit gestellt, ganzen Familien beizustehen – in vielen Fällen jüdischen oder auch kommunistischen Familien, die zumeist aus Frauen bestanden, die ohne männliche Begleitung mit zwei oder drei Kindern, manchmal auch mit einem schon älteren Elternpaar unterwegs waren. Einmal erschien der Riese so im Winter 1941 mit einer Frau und deren drei kleinen Kindern und dazu noch einem alten Mann, der, wie sich herausstellte, ihr Schwiegervater war. Wie Novembre es ausdrückte, hatten sie, »wie die Ziegen mitten im Sturm aneinandergedrängt« dagestanden, und wären unweigerlich zugrunde gegangen, hätte nicht das Schicksal in Gestalt des gutmütigen Riesen eingegriffen, der sich zwei der Kinder auf die eine und den Greis auf die andere Schulter setzte und vor der Frau und ihrem ältesten Kind herging, die sich erstaunt fragten, ob ein guter Waldgeist erschienen war, um sie zu retten, oder ein finsterer Schneemensch sie entführen wollte. Oriol und ein spanischer Guerillero, der sich damals gerade in der Hütte von einer Unterkühlung erholte, erhoben sich bei ihrem Eintreten und halfen, die Ankömmlinge zu versorgen. Gemeinsam versuchten sie den Alten wieder zu Bewusstsein zu bringen, während Novembre erst einmal die Frau und die Kinder vor dem Feuer absetzte. »So viele Leute waren noch nie auf einmal in der Hütte gewesen«, sagte der Riese, der jedes Mal lächeln musste, wenn er von diesen Rettungsaktionen erzählte. Wie vielen Leuten genau er während jener Zeit zu Hilfe kam, konnte oder wollte er vielleicht auch nicht sagen, dafür war er viel zu bescheiden und außerdem immer noch der Ansicht, dass jeder andere an seiner Stelle das Gleiche getan hätte. Seine Heldentaten spielte er auch immer herunter und versicherte, für ihn sei das ja ein Kinderspiel gewesen, schließlich habe er in dieser Gegend jede Handbreit gekannt. Vielleicht hätte ich, statt darüber zu schreiben, besser dem Bürgermeister einer der umliegenden Ortschaften oder gleich jemandem von der französischen Regierung erzählen sollen, was Novembre damals geleistet hatte, damit dieser Mann ganz offiziell eine Anerkennung für all das bekam, was er seinerzeit Spaniern wie Franzosen, Juden wie Kommunisten Gutes getan hatte, eine Anerkennung, die es ihm erlaubt hätte, wenigstens im Alter sorgenfrei zu leben, statt auf die lächerliche Pension angewiesen zu sein, die der Staat ihm monatlich zugestand. Während meiner

Nachforschungen habe ich diesen Gedanken nicht nur einmal erwogen, zuletzt jedoch jedes Mal meine Arbeit an diesem Text wiederaufgenommen, schließlich war das der Part, der mir in dieser Geschichte zufiel. Außerdem ist der Riese mittlerweile gestorben, und somit ist es ohnehin zu spät, um weiter über derlei Fragen zu lamentieren. Als die Familie schließlich vollständig vor dem Feuer versammelt war und gierig die dünne Suppe schlürfte, die Oriol in aller Eile zubereitet hatte, begann die Mutter, die, in den Worten des Riesen, »klein und blond war und vielleicht fünfunddreißig Jahre alt, auch wenn sie wie fünfzig aussah«, eine Geschichte zu erzählen, die gewissermaßen den Zweck hatte, sie und die Ihren vorzustellen; davon abgesehen hätte sie aber auch gar nichts anderes gehabt, um sich für die wie vom Himmel verfügte Rettung und das Dach über dem Kopf und das Feuer und das dünne Süppchen zu bedanken, das sie selbst sich wie ein kleiner Vogel schlückchenweise in den Mund beförderte. Indem sie also ausführlich von ihrem Unglück berichtete und dabei alle möglichen überaus teuren und intimen Einzelheiten preisgab, wie man es sonst nur einer eng vertrauten Person gegenüber täte, schien sie vor allem eine Schuld abtragen zu wollen. Vielleicht war ihr aber auch bloß die Stille unerträglich, die in der Hütte herrschte, vielleicht redete sie nur, um diese Stille zu beenden und nicht weiter den Geräuschen des Feuers ausgeliefert zu sein, in dem immer wieder unter Funkensprühen ein Ast zerbarst, oder dem Geklapper der Löffel, wenn diese an Teller oder Zahnschmelz stießen. Aber warum letztlich auch immer, jedenfalls erzählte die Dame, dieses Vögelchen mit vom Frost aufgerissenen Wangen und wässrigen Äuglein, in denen der Widerschein des Kaminfeuers leuchtete, dass sie die Flucht in Paris, ihrer Heimatstadt, angetreten hätten; es seien nämlich vor zwei Monaten eines Nachts vier deutsche Soldaten auf roheste Weise in ihr Haus eingedrungen, sie hätten einfach das Türschloss zerschossen, um anschließend wie durchgehende Pferde unmittelbar bis in ihr eheliches Schlafzimmer vorzupreschen. Angesichts der von den ungebetenen Besuchern an den Tag gelegten Eile und Zielstrebigkeit habe sie sich gesagt, dass diese vier wilden Reiter offensichtlich sehr genau wussten, welchen Raum sie in dem großen, zweistöckigen Wohnhaus anzusteuern hatten. Ein anderer Schluss schien ihr jedenfalls nicht zulässig: Kaum waren sie und ihr Mann von den Schüssen geweckt worden, standen die vier Eindringlinge auch schon in ihrem Zimmer und richteten die langen Gewehrläufe auf sie. Sie trugen Helme und schwere Stiefel, die, nicht anders als ihre Bewegungen, einen deutlichen Gegensatz zu den vom Schlaf zerwühlten Decken bildeten, zu den verstreut umherliegenden Kissen, der Brille auf dem Buch, dem halb geleerten Wasserglas daneben. Vor allem aber – die Dame erinnerte sich noch genau, während sie immer wieder nervöse Schlucke von ihrer Suppe nahm –, vor allem aber zu der Hose ihres Mannes, die samt Gürtel über der Stuhllehne hing, so als hätte das Hausmädchen sie am nächsten Morgen in die Reinigung bringen sollen, falls der Mann – der womöglich ein sparsamer, zu keinen unnötigen Ausgaben neigender Mensch war – nicht vorhatte, sie am nächsten Tag, so, wie sie war, wieder anzuziehen. Ebendiese Hose ließ den Gegensatz zu den vier Soldaten am schärfsten hervortreten, erinnerte sich die Dame, dieses vom Leben und dem glitzernden Schnee und den eisigen Windstößen misshandelte Vögelchen, die mittlerweile keinen Teller mehr in der Hand hielt, da der dienstfertige Guerillero, als er bemerkt hatte, dass er leer war, ihn ihr kurzerhand abgenommen hatte. Mit dem Löffel freilich hatte er nicht auf dieselbe Weise verfahren können, da die Frau ihn weiterhin fest im Griff hatte, eine Hand um den Stiel und eine um die Schale gelegt, fast so, als klammerte sie sich an die Lenkstange eines Tretrollers. Keiner in der Hütte vermochte den Blick von ihr abzuwenden, der Schwiegervater und die Kinder sahen sie angesichts dessen, was sie gleich erzählen würde, schon jetzt befremdet an, mit einem leisen Vorwurf in den Augen; der Riese, Oriol und der Guerillero hingegen verbargen weder ihre Neugierde noch ihre Anspannung. Der Guerillero ermunterte die Dame, die weiterhin die Löffelenden umfasste, sogar, doch weiterzusprechen, damit sie sich bloß nicht mithilfe dieses eingebildeten Rollers aus der Geschichte stahl, an dessen Lenkstange sie sich mit aller Kraft klammerte, als hielte sie sich allein dadurch aufrecht, als könnte sie ohne deren Unterstützung nicht erzählen, was sie erzählen wollte. Und so erzählte die Dame – wie man auch in den Akten nachlesen kann, zu denen ich Zugang hatte –, dass sie all diese Gegensätze, Brille und Buch versus Soldatenstiefel, Helm versus Bettdecke, Gewehrlauf versus schlaff über der Stuhllehne hängende Hose, in Intervallen zu sehen bekam, je nachdem, worauf die Soldaten den Strahl ihrer Taschenlampen gerade richteten, bald auf einen der erwähnten Gegenstände, die ihren privatesten Bereich verkörperten, bald mitten in ihr Gesicht, so dass sie geblendet, ja wie gelähmt war – wehrlos im Bett ausgestreckt habe sie zulassen müssen, dass die schrecklichen Bilder zuerst in ihre Augen und von dort immer tiefer in ihr Inneres eingedrungen seien, und »sobald sie in meinem Magen angekommen waren«, sagte sie wörtlich, »erfasste mich völlige Lähmung«. Und da habe sich einer der Soldaten über sie gebeugt und ihren Mann gepackt und ohne viel Federlesens aus dem Bett befördert. Der habe sich seinerseits, statt die Angreifer zu fragen, wessen er beschuldigt werde, zu ihr umgedreht und sie angesehen, weniger überrascht denn schicksalsergeben – da war sie wieder, diese verfluchte Fügsamkeit –, als hätte er nur darauf gewartet, ja immer schon gewusst, dass eines Nachts deutsche Soldaten in ihr Haus eindringen würden. Schließlich war er ein bekannter jüdischer Geschäftsmann, und solchen Leuten passierten damals eben solche Sachen, sie wurden als warnendes Beispiel festgenommen, und die dazugehörige Botschaft des Reiches lautete: Man kann nicht gleichzeitig Jude und Geschäftsmann sein, man kann nicht Jude sein und sich vor den anderen wichtig machen wollen, man kann nicht Jude sein und gleichzeitig so leben, als wäre man gar kein Jude, man kann sowieso nicht Jude sein, Schluss, aus, und wer trotzdem Jude ist, setzt sich der Gefahr aus, dass bei ihm zu Hause Soldaten erscheinen und ihn mitnehmen. Wie es eben auch dem Mann dieser Frau ergangen war, die, vor den erstaunten Augen ihrer Gastgeber und inbrünstig an einen Löffel geklammert, jetzt erzählte, dass ihr Mann, der nur mit Unterhemd und Unterhose bekleidet war, sie weiterhin angesehen habe, sie dagegen, und das schmerze sie am allermeisten und sie könne es sich einfach nicht verzeihen, sie habe sich nicht aus ihrer Schreckensstarre befreien können, um etwas zu unternehmen, um sich zwischen die Soldaten und ihren Mann zu werfen, um ihn seinen Häschern zu entreißen und ins Bett zurückzuziehen, oder um wenigstens zu schreien, um Hilfe zu rufen, eine Erklärung zu verlangen, nichts habe sie getan, sie sei im Bett geblieben, reglos, ohne ein Wort zu sagen, nachgiebig, feige und – da war das Wort schon wieder – schicksalsergeben angesichts eines so empörenden Verbrechens. »Gar nichts hätten Sie tun können, da hätten Sie sich vorher sonst noch was überlegen können, Sie hätten nicht das Geringste erreicht«, sagte der Guerillero großmütig, doch die Frau erwiderte, für sie sei das keine Entschuldigung, es komme nicht darauf an, ob ihre Schreie oder ihr Widerstand zu etwas geführt hätten oder nicht, wichtig wäre es bloß gewesen, sich in irgendeiner Weise gegen diese Ungerechtigkeit aufzulehnen und ihrem Mann auf die Art mitzuteilen: »Es schmerzt mich, dass man dich aus meinem Leben reißt, ich halte zu dir, keine Sorge, ich gebe erst auf, wenn die Schufte dich freilassen.« Doch auch vier Wochen nach der Verhaftung hatte die Frau noch keinerlei Nachricht erhalten, Tag für Tag war sie losgezogen, um mit jemandem von der deutschen Besatzungsmacht sprechen zu können, aber alles, was sie zu hören bekam, waren Ausreden und Vertröstungen aus dem Mund einer Sekretärin, »die viel zu hübsch und verführerisch war, um einfach nur eine Sekretärin zu sein«, wie die Frau hasserfüllt unterstellte. Sosehr sie auch alle möglichen einflussreichen Pariser Bürger um Hilfe gebeten hatte – lauter Leute, mit denen sie vor der Besatzung regelmäßig verkehrt hatten –, erreicht hatte sie auch auf diesem Weg nicht das Geringste. »Jedenfalls nichts Brauchbares, nichts Zählbares«, denn gute Worte und freundlicher Zuspruch waren zwar gelegentlich geäußert worden, doch längst nicht so oft, wie es angebracht gewesen wäre, und wenn, dann beschränkt auf eine Handvoll dürrer Sätze, die ohne innere Beteiligung ausgesprochen wurden, hatten die Pariser doch bloß wenige Tage gebraucht, um zu begreifen, wie gefährlich es sein konnte, Beziehungen zu Juden zu unterhalten. Sie hingegen hatte es am Ende dieser vier Wochen als Tatsache hingenommen, dass sie allein war und nichts für ihren Mann tun konnte und, so hartnäckig sie es auch versuchte, keinerlei Nachrichten über ihn erhalten würde. Deshalb hatte sie zuletzt auch beschlossen zu tun, was andere Familien in ihrer Lage auch taten, und das hieß alles, was an Geld und Wertsachen noch greifbar war, einstecken, das Haus abschließen und sich mit den Kindern und dem Schwiegervater dem großen Zug der Leute anschließen, die aus Angst um ihr Leben aus Paris fortgingen, woraufhin sie nach endlosen Fußmärschen, auf denen es oftmals nichts zu essen gab und sie des Nachts unter freiem Himmel lagern mussten, schließlich in diesen Winkel der Pyrenäen gelangt waren, wo der Riese, als hätte ihn der Himmel selbst geschickt, zu ihrer Rettung erschienen war. Der Frau zufolge hatten sie vor, nach Venezuela zu gehen, wo die Schwester ihres Mannes lebte. Das hatten sie schon bei Ausbruch des Krieges so vereinbart. Ihr Mann hatte damals, so fern und unwahrscheinlich ihnen ein solches Unglück zu jener Zeit auch erschienen war, gesagt, für den Fall, dass sie gewaltsam getrennt würden, solle jeder versuchen, sich bis nach Venezuela durchzuschlagen, zu Irene, was an dem Abend, als die Frau diese Geschichte erzählte, auch ihr fester Vorsatz war. Sie war überzeugt, dass auch ihr Mann es bis dorthin schaffen werde, sobald er erst einmal von den Deutschen freigelassen würde; dass er sich in diesem Augenblick, in dem sie sich mit ihren Gastgebern unterhielt, gar nicht mehr in Frankreich und zudem in einem Konzentrationslager befinden könne, aus dem er kaum je wieder herauskommen würde, kam ihr gar nicht in den Sinn. Wohl deshalb nicht, weil es ihr wiederum ganz fern und unwahrscheinlich vorkam, ein Unglück, das *sie* doch nicht betreffen konnte. Wobei es in der Tat wenig geholfen hätte, wäre es ihr trotz allem in den Sinn gekommen, im Gegenteil, das hätte wahrscheinlich nur die letzte Kraftquelle, die ihr geblieben war, zum Versiegen gebracht; wahrscheinlich dachte die Frau also ganz bewusst nicht an diese Möglichkeit. Alles, was ich über sie habe herausfinden können, beschränkt sich jedenfalls auf die Tage, die sie und ihre Angehörigen in der Hütte zubrachten. Bekannt ist, dass sie mit Nachnamen Grotowski hieß, einundvierzig Jahre alt war – und nicht fünfunddreißig, wie der Riese geschätzt hatte –, dass sie freiwillig als Krankenschwester im Krankenhaus Notre Dame du Bon Secours gearbeitet hatte und in Krakau geboren war, von wo sie bereits im Alter von vier Jahren fortgezogen war. Daran erinnerte sie sich, wie auch bekannt ist, in jedem Fall ungern, schließlich betrachtete sie Frankreich als ihr Vaterland und Paris als ihre Heimatstadt, dort waren ihre drei Kinder zur Welt gekommen, und von dort stammten auch ihr Mann und dessen Familie, und dort war sie auch »ein Mitglied der Gesellschaft« geworden, wie es wörtlich in der Akte heißt, der ich diese Angaben entnommen habe, ein altes Dokument, auf das ich bei der Suche nach Spuren Oriols im Gemeindearchiv von Serralongue stieß. So viel ist bekannt über diese blonde und vor der Zeit gealterte Frau, die am Kamin des Riesen Zeugnis ablegte. Bekannt ist auch, dass sie mit ihren Kindern und ihrem Schwiegervater einige Tage später nach Spanien gelangte und dass sie dort von der Guardia Civil aufgegriffen wurde, woraufhin sie ihrerseits im Kommissariat von Beget Anzeige wegen Raubes erstattete. Die entsprechende Akte landete später, ohne jede Aussicht darauf, irgendwann weiterbearbeitet zu werden, im Archiv von Serralongue, was vermutlich damit zu tun hatte, dass zu diesem Zeitpunkt auf der einen Seite der Grenze ein Krieg stattfand und auf der anderen gerade ein Bürgerkrieg zu Ende gegangen war, weswegen das Interesse sowohl der spanischen als auch der französischen Ordnungshüter an der Aufklärung eines Raubüberfalls einigermaßen begrenzt gewesen sein dürfte. Ob die Frau mit ihrer Familie anschließend hat weiterziehen dürfen, ist nicht bekannt, ebenso wenig, ob sie alle es tatsächlich bis in eine spanische Hafenstadt und dort auf ein Schiff nach Amerika geschafft haben. Wie auch unbekannt ist, ob Monsieur Grotowski die erste Zeit nach seiner brutalen Verhaftung überlebt hat, ob er in ein Vernichtungslager deportiert oder aber wieder freigelassen wurde und sich womöglich aus Europa absetzen und den verabredeten Treffpunkt bei seiner Schwester Irene erreichen konnte. Nachdem die Frau noch einmal bekräftigt hatte, dass ihr Mann in nicht allzu ferner Zeit in Venezuela zu ihnen stoßen werde, brach sie ihre Erzählung schlagartig ab, stand auf, legte den Löffel, mit dessen Hilfe sie sich die ganze Zeit über aufrecht gehalten hatte, zur Seite, warf einen erschöpften Blick in die Runde und legte sich neben ihren Kindern zur Ruhe. Am nächsten Morgen war der Guerillero verschwunden. »Er hatte sich einfach in Luft aufgelöst«, erzählte der Riese. »Als ich die Augen aufschlug, war er schon weg, und ich habe ihn auch nie mehr wiedergesehen.« – »Vielleicht haben die von der Guerilla das immer so gehalten«, sagte ich. »Das Leben im Untergrund folgt eben seinen eigenen Regeln.« – »Keine Ahnung«, sagte Novembre und fügte hinzu, die Frau sei am darauffolgenden Tag mitsamt ihrer Familie ebenfalls verschwunden, während er mit seinem Ziegenheer in den Bergen seine Kontrollrunde gedreht habe. »Sie haben es genau wie der Guerillero gehalten und sind weg, ohne mir vorher ein Wort zu sagen.« – »Haben sie sich denn von Oriol verabschiedet?«, fragte ich, um herauszufinden, wie viel dem Riesen von diesem Teil der Geschichte bekannt war.

Schließlich war ich damals bereits auf dem Kommissariat gewesen und wusste das eine oder andere, wovon der Riese keine Ahnung hatte, falls er es nicht vorzog, sich einfach nicht mehr daran zu erinnern. »Als sie gingen, war Oriol nicht in der Hütte, er hat sie also auch nicht fortgehen sehen«, sagte Novembre. Ich war für einen Augenblick versucht, ihm zu verraten, was ich der Akte hatte entnehmen können, der zufolge die Frau sehr genau geschildert hatte, was seinerzeit vorgefallen war, vermutlich ohne sich besondere Hoffnungen zu machen, dass ihr jemals Gerechtigkeit widerfahren werde – angesichts der damaligen Umstände war das von ihr zur Anzeige gebrachte Verbrechen ja in der Tat von keiner besonderen Bedeutung. Zudem war diese Schilderung nur ein kleiner Teil des Berichts, den die Guardia Civil seinerzeit über ihre Familie verfasst hatte, die sich »illegal auf spanischem Territorium« befand, und ob deren Mitglieder tatsächlich wieder freikamen oder an einen anderen Ort überstellt wurden, ist, wie schon erwähnt, nicht bekannt. Klar ist auf jeden Fall, dass Madame Grotowski wenigstens Zeugnis davon ablegen wollte, was man ihr und ihrer Familie angetan hatte, damit eine Akte angelegt würde, mit deren Hilfe irgendjemand irgendwann einmal würde erfahren können, was dieser scheinbar so unbedeutenden Frau und ihrer Familie in einer noch weniger bedeutenden Hütte irgendwo in einer abgelegenen Ecke der Pyrenäen einst widerfahren war. Die einzige Möglichkeit, diesen Vorfällen eine gewisse Bedeutung zukommen zu lassen, bestand darin, sie schriftlich festzuhalten. Nachdem der Guerillero »sich in Luft aufgelöst hatte«, zog der Riese wie gewöhnlich los, um seinen Angelegenheiten nachzugehen. Oriol blieb allein mit der Familie Grotowski zurück, machte mit ihnen einen Spaziergang in der unmittelbaren Umgebung der Hütte, berichtete von seinen letzten Tagen als Soldat der spanischen Republik und schilderte, auf bestimmte Punkte in der Entfernung deutend, seine »petit geste héroïque dans la montagne«, wie es wörtlich in dem Bericht heißt. Später unternahmen sie auch einen Streifzug durch den nahe gelegenen Wald, »was sehr langsam vonstatten ging, weil er mit der Krücke auf dem bergigen Gelände nur mühsam vorwärtskam«. Den ganzen Tag über erwies Oriol sich, laut Madame Grotowski, als »vollendeter Gastgeber«, der »eine ganze Weile mit den Kindern spielte und später mit meinem Schwiegervater ein anregendes Gespräch über Material und Bauweise der berühmten Stradivari-Geigen führte«. Bei Anbruch der Nacht kehrte der Riese zur Hütte zurück, und alle zusammen aßen am Kamin »erneut von der dünnen Suppe, die wir schon am Vorabend und zum Frühstück und Mittagessen desselben Tages genossen hatten«. Nach einer Abendunterhaltung, deren Thema in dem Bericht nicht genauer angegeben wird, legten sich alle, ebenfalls wie schon am Abend davor, am Kamin schlafen. Am nächsten Morgen zog der Riese, nachdem er eine Tasse Kaffee und einen Teller immer noch derselben Suppe zu sich genommen hatte, erneut los und blieb den ganzen Tag über fort. »Und wie, bitte schön, übersteht jemand, der so groß ist wie du, einen ganzen Tag mit nichts als ein bisschen Suppe und Kaffee im Magen?«, fragte ich Novembre an dem Abend, als er versuchte, die Geschichte um Madame Grotowski und ihre Familie zu rekonstruieren. Damals hatten wir noch nie zusammen gegessen, und ich hatte auch noch nicht über seine Essgewohnheiten nachgedacht, die, wie man es auch nahm, gewaltige Mengen an Nahrung einschließen mussten. »Ich esse gerne draußen an der frischen Luft«, erwiderte er mit einer Feierlichkeit, die es mir nicht angeraten scheinen ließ, dieses Thema zu vertiefen, auch wenn ich mir sogleich vorstellte, dass er wahrscheinlich für gewöhnlich irgendwann gegen Mittag ein Tier erlegte, um es anschließend am offenen Feuer zu braten und sich, auf einem Stein sitzend, schmecken zu lassen. So dachte ich wenigstens, bis ich einmal zu sehen bekam, was ich nie hätte sehen dürfen. An diesem Tag war ich früher als gewöhnlich bei Novembre eingetroffen. Ich hatte eine ziemliche Menge Vorräte dabei, die ich in Barcelona gekauft hatte. Obwohl mir sogleich klar war, dass er nicht zu Hause war, ging ich hinein, um die Kiste mit den Nahrungsmitteln in der Küche abzustellen. Anschließend setzte ich mich dort auf einen kleinen Hocker, der unmöglich das Gewicht meines Freundes hätte tragen können, und wartete. Dabei stellte ich fest, wie angenehm still es in Novembres Haus sein konnte, wenn einmal keine Rugbypartie oder was der Riese sonst noch alles anzusehen pflegte im Fernsehen lief. Zwanzig Minuten später machte ich mich auf in den Wald, da ich mir ziemlich sicher war, dass ich ihn dort irgendwo finden würde. Zu diesem Zeitpunkt hatte ich bereits ein einigermaßen klares Bild seiner Angewohnheiten, zu denen gehörte, dass er immer wieder dieselben Orte ablief. Genauer gesagt, er legte jedes Mal eine Art Ellipse zurück, die das Gebiet mit einschloss, in dem er sich vor allem bewegt hatte, als er noch in der Hütte wohnte. Er war ohnehin ein Mensch mit festen Gewohnheiten und hatte, mit Ausnahme der Zeit, die er im Gefängnis zugebracht hatte, die Gegend, wo er und seine Vorfahren zur Welt gekommen waren, so gut wie nie verlassen; er entstammte einer Sippe von Pyrenäenhirten, die, soweit Novembres Ahnenforschungen zurückreichten, in jeder Generation einen Riesen oder auch eine Riesin zu den Ihren gezählt hatte. Was die Riesinnen anging, so waren diese in seiner Generation durch Novembres Mutter vertreten worden, eine Frau mit Namen Març, die offenbar überaus gutherzig und mit einem eher kleinen Mann verheiratet gewesen war. Regelmäßig hatte sie sich dafür hergegeben, an einem jährlich stattfindenden Umzug in Perpignan teilzunehmen, zu dem auch eine Gruppe von Riesen gehörte, die – bis auf Març – entsprechend verkleidet und auf Stelzen daherkamen. Novembre war als Kind ein paarmal mitgekommen, um sich den Umzug anzusehen, hatte das jedoch schon bald wieder sein lassen, da ihn die Veranstalter jedes Mal bedrängten, sich ebenfalls der Gruppe der Riesen anzuschließen, »dabei war ich zu der Zeit gerade mal halb so groß wie heute«, wie er in diesem Zusammenhang einmal zu mir sagte. Novembres Lieblingswege hatte ich, zumeist in seiner Gesellschaft, schon mehrfach zurückgelegt; außerdem hatte ich sowohl seine Strecken aus der Zeit mit Oriol als auch seine Standardrouten von Lamanère aus in meine Google-Earth-

Karte eingetragen, weshalb ich ihren ellipsenförmigen Verlauf kannte. Im Wald folgte ich der ersten Ellipsenbahn bergaufwärts, bis ich zum Ausgangspunkt der zweiten Ellipse gelangte, der mit der Stelle zusammenfiel, wo sich die Hütte befindet. Weiter ging es in östlicher Richtung, wobei ich mich bemühte, innerhalb des Radius zu bleiben, den ich ebenfalls in meine Karte eingezeichnet hatte. Nach ungefähr einer halben Stunde war ich bereits knapp unterhalb des Gipfels angekommen, und da sah ich ihn auf einmal vor mir; er hatte mir den Rücken zugekehrt und saß, halb von Bäumen verborgen, mit entblößtem Oberkörper rittlings auf etwas, was ich nicht erkennen konnte. Er konnte mich seinerseits nicht sehen, nicht nur, weil er mit dem Rücken zu mir saß, sondern auch, weil ich mich in diesem Augenblick auf einer kleinen Erhöhung befand, die außerhalb seines Blickfeldes lag, es sei denn, er hätte das, womit er gerade so intensiv beschäftigt war, sein lassen, wäre aufgestanden und hätte, zu voller Größe aufgerichtet, hinter sich geblickt. Als ich schon dabei war, von meiner Felsspitze in seiner Richtung hinabzusteigen, bekam ich ihn irgendwann von der Seite zu sehen – und blieb wie angewurzelt stehen: Das, worauf der Riese rittlings saß, war ein toter Hirsch; und in diesem Augenblick hielt Novembre einen von dessen Läufen in den Händen. Er hatte ihn herausgerissen und schlug mit einer Wildheit die Zähne in das Fleisch, die mir in keiner Weise zu einem menschlichen Wesen zu passen schien. Wie er so dasaß, Unterarme, Brust, Bart und Haupthaar blutverschmiert, schien er auf einmal selbst in ein wildes Tier verwandelt.

Ich machte jedenfalls auf der Stelle kehrt und schlich davon. Zum Glück blies dabei der Wind in meine Richtung, ein kräftiger, geräuschvoller Wind, der dafür sorgte, dass der Riese mich weder hören noch riechen konnte – mehr als einmal war ich bei unseren gemeinsamen Wanderungen Zeuge davon geworden, wie er, einem Bären gleich, den Kopf zurückgelegt und mit weit geöffneten Nasenlöchern Witterung aufgenommen hatte. Eilig kehrte ich nach Lamanère zurück, wo immer es der steinige Gebirgsweg erlaubte, sogar rennend. Der Riese sollte mich keinesfalls sehen, die Vorstellung, er könnte bemerkt haben, dass ich ihn gesehen hatte, war mir unerträglich. Bei Novembres Haus angekommen, schrieb ich hastig eine Nachricht, in der ich ihm mitteilte, ich sei da gewesen und hätte eine Weile gewartet, dann jedoch nach Barcelona zurückfahren müssen; ich würde aber schon in der nächsten Woche wiederkommen, und dann könnten wir unsere Unterhaltung fortsetzen. Den Zettel mit der Nachricht legte ich auf die Kiste mit dem Proviant.

Laut dem Bericht aus dem Archiv in Serralongue blieben Madame Grotowski und ihre Familie auch am nächsten Tag allein mit Oriol in der Hütte zurück, nachdem der Riese seinen Kaffee und die Suppe zu sich genommen hatte und anschließend losgezogen war, um »in den Bergen seinen Angelegenheiten nachzugehen«, wie Madame Grotowski sich an einer Stelle ausdrückt, womit sie sich als offenbar doch recht konservativ gesinnte Person zu erkennen gibt, die nicht recht wusste, was sie von Novembres Rettungsunternehmen halten sollte. Wahrscheinlich hatten die Anwesenheit des Guerillero in der Nacht zuvor wie auch all das, was in ihren Unterhaltungen zu diesem Thema zur Sprache gekommen sein muss, ein einigermaßen verzerrtes Bild des Riesen bei ihr entstehen lassen – von dessen großmütigem und gänzlich uneigennützigem Tun, das in meinen Augen tatsächlich etwas Heldenhaftes hat. Madame Grotowski berichtet weiter, sie und ihr Schwiegervater hätten »mit Einverständnis von Monsieur Oriol« vereinbart, dass sie, »in Erwartung einer Wetterbesserung«, noch einen weiteren Tag in der Hütte bleiben würden. Daraufhin sei sie hinaus- beziehungsweise auf die Toilette gegangen. Die anderen seien in der Hütte geblieben, da es draußen heftig geschneit habe. Sie habe sich nur kurz im Wald aufgehalten, sei jedoch bei ihrer Rückkehr in die Hütte mit einem Anblick konfrontiert worden, der »mir das Blut in den Adern gefrieren ließ«: Monsieur Oriol habe vor ihrem Schwiegervater und den drei Kindern gestanden – und den Lauf eines Gewehrs auf sie gerichtet! Die vier hätten sich mit erhobenen Händen neben dem Kamin aneinandergedrängt. Noch bevor sie ein Wort habe sagen können, habe Oriol sie angewiesen, ihm alles Geld und ihren Schmuck auszuhändigen. Sie habe ihm klarzumachen versucht, dass sie sich in diesem Fall der Mittel beraubt sähen, um nach Venezuela zu gelangen, ein Argument, das auf Oriol jedoch keinerlei Eindruck gemacht habe, er habe vielmehr zu schreien begonnen – »comme une bête sauvage« – und gedroht, wenn sie ihm nicht sofort gebe, was er verlange, werde er schießen. Ihrer eigenen Aussage nach verstand Madame Grotowski noch immer nicht, sie hatte nun einmal das entscheidende Kapitel verpasst, das vielleicht hätte erklären können, weshalb dieser Mann, der sich eben noch als freundlicher und zuvorkommender Gastgeber gezeigt hatte, sich unversehens in einen gewöhnlichen Banditen verwandelt hatte. Eingeschüchtert und zudem befürchtend, »Monsieur Oriol« sei womöglich »verrückt geworden« und könne tatsächlich im nächsten Augenblick einen Schuss auf ihre Kinder abgeben, ließ Madame Grotowski sich also auf dem Boden nieder, um ihre Stiefel auszuziehen, und zog im Weiteren auch einen kleinen Stoffbeutel, den sie an einer Schnur um die Hüfte trug, unter ihren Kleidern hervor, um schließlich das Geforderte auszuhändigen. Oriol habe es ihr »brutal aus der Hand gerissen« und ihr sodann mit einer Kopfbewegung zu verstehen gegeben, dass sie sich neben ihre Angehörigen stellen solle. So habe er sie »eine schier endlose Zeit lang« mit erhobenen Händen vor sich stehen lassen, bis er alles Geld gezählt und den Schmuck durchgesehen hatte, wobei er den Gewehrlauf in keinem Augenblick gesenkt habe. Sobald er seine »sorgfältige Untersuchung«, wie Madame Grotowski mit wachsendem Ingrimm vermerkt, beendet hatte, habe er gesagt, sie sollten verschwinden und sich nie mehr in dieser Gegend blicken lassen, der Riese und der Guerillero unterstützten seine Handlung voll und ganz, diene sie doch dem Zweck, »die Widerstandskämpfer zu unterstützen«. Dann habe er noch gesagt, »es werde ihnen sehr leidtun«, falls sie irgendjemandem von der Sache erzählten. Madame Grotowski hatte zunächst nicht glauben wollen, dass die Freunde von Monsieur Oriol dessen Tun gutheißen könnten; zuletzt, wie man ihrer Schilderung des Vorfalls entnehmen kann, war sie jedoch offensichtlich davon überzeugt. Ich dagegen weiß heute, dass dem nicht so war, es handelte sich vielmehr um einen schäbigen Raubüberfall, den Oriol ganz allein durchführte, den ersten einer ganzen Reihe ähnlicher Untaten, die allesamt in einem halben Dutzend Akten im Gemeindearchiv von Serralongue festgehalten sind, Akten, die wie der Fall der Familie Grotowski, Teile eines Berichts der Guardia Civil über »sich illegal auf spanischem Territorium aufhaltende Personen« sind, die verhaftet wurden, kaum dass sie die Grenze überquert hatten. Aus meinen Unterhaltungen mit dem Riesen über dieses Thema ging für mich klar hervor, dass Madame Grotowski und ihre Familie seiner Ansicht nach die Hütte freiwillig verlassen hatten; ja, für ihn hatte diese Dame sich reichlich undankbar gezeigt, war sie doch verschwunden, ohne sich auch nur von ihm zu verabschieden, obgleich er sie zuvor aus höchster Gefahr gerettet hatte. So äußerte er sich wenigstens mir gegenüber. Zum Abschluss seines Überfalls und nach der erwähnten »sorgfältigen Untersuchung« seiner Beute zwang Oriol die Grotowskis, »als draußen der Sturm gerade am heftigsten wütete«, wie Madame bemerkt, die Hütte zu verlassen. Immerhin war er noch so gnädig, zusammen mit ihnen vor die Tür zu treten, um ihnen mit der Spitze des Gewehrlaufs die ungefähre Richtung anzuzeigen, in der sie zu verschwinden hatten. Madame Grotowski und ihre Familie befolgten seine Anweisungen, »etwas anderes blieb uns gar nicht übrig«, und gelangten am Ende eines langen und qualvollen Marsches – »ich hätte nie geglaubt, dass wir eine solche Anstrengung überleben könnten« – nach Spanien, wo sie in Richtung Beget den Berg hinabstiegen. Offensichtlich stießen sie unterwegs weder auf Republikaner noch auf sonstige Widerstandskämpfer oder andere Leute, die wie sie auf der Flucht nach Spanien waren; oder vielleicht doch, aber dann erzählten sie diesen nichts von dem Überfall. Andernfalls hätte einer von ihnen Oriol bestimmt umgehend einen Besuch abgestattet, um ihm zu zeigen, wo sein Platz war, und ihm das Geld und den Schmuck abgenommen, um alles entweder selbst einzustecken oder aber der Madame zurückzugeben. Schließlich war das, was Oriol sich geleistet hatte, selbst für die Verhältnisse jener aufgewühlten Tage eine unglaubliche Schandtat. Nichts dergleichen ist jedenfalls in der Akte aufzufinden, so vollständig diese auch daherkommt, einmal abgesehen davon, dass sie, was merkwürdig genug ist, in einem spanischen Kommissariat angefertigt und dennoch in makellosem Französisch abgefasst ist. Die Frau, die mir erlaubte, im Gemeindearchiv von Serralongue herumzustöbern, meinte allerdings, so selten sei es gar nicht vorgekommen, dass die spanische Polizei, wenn sie die Sprache von jemandem, der eine Anzeige erstatten wollte, nicht beherrschte, diesem kurzerhand einen Stift und ein Blatt Papier in die Hand drückte, um ihn den Text selbst schreiben zu lassen, woraufhin das Ganze an eine Polizeistelle des betreffenden Landes weitergeleitet wurde, in diesem Fall die des Nachbarortes auf der anderen Seite des Berges. Das könnte vielleicht auch erklären, weshalb der Text auf dermaßen viele Einzelheiten eingeht. In jedem Fall wäre ein tatsächlich von Madame Grotowski höchstpersönlich verfasster Text ein ungeheurer Glücksfall: Dieses finstere Kapitel aus Oriols Leben, das ich hier nachzuzeichnen versuche, wäre damit auf unmittelbare und unverfälschte Weise bis zu mir gelangt, und die mittlerweile siebzig Jahre, die zwischen ihrer und meiner Fassung liegen, verflüchtigten sich in den bestechend schönen Zügen ihrer Handschrift.

6

Indem Oriol die Grotowskis ausraubte, überschritt er selbstverständlich eine Grenze, vielleicht war es aber auch so, dass diese Grenze, diese Grenzlinie, wie eine Welle von sich aus auf ihn zukam – wie ich, womöglich allzu wohlwollend, gelegentlich zu mir gesagt habe. Die schwierige Zeit, die Frankreich damals durchmachte, brachte, wie bereits erwähnt, alle möglichen Leute dazu, die Wälder des Riesen aufzusuchen. Innerhalb weniger Wochen hatte so die Bevölkerung dieser Gegend beträchtlich zugenommen; eine große Anzahl von Leuten, die aus verschiedensten Gründen verfolgt wurden, hatte hier Unterschlupf gesucht und gefunden. Dazu kam die unmittelbare Nähe der Landesgrenze, ein Vorteil, den sich die Verfolgten, aber auch alle möglichen Bösewichter zunutze machen konnten. »Damals brauchte ich bloß einen Fuß in den Wald zu setzen«, erzählte der Riese einmal, »und schon konnte ich hören, dass jemand davonlief und sich irgendwo im Unterholz versteckte. Am Anfang habe ich immer versucht, die Leute anzusprechen, ich habe ihnen gut zugeredet und gesagt, sie könnten ruhig aus ihrem Versteck kommen, aber mit der Zeit habe ich begriffen, dass das zu nichts führte, ja sogar gefährlich werden konnte«, fügte Novembre, meiner Ansicht nach ein wenig naiv, hinzu – schließlich hätte wohl jeder das Weite gesucht, wenn er mitten im

Wald einem derartigen Riesen über den Weg gelaufen wäre, gute Menschen nicht weniger als schlechte. Aber die Rede war von der Grenze, die Oriol überschritt – oder die ihrerseits wie eine Welle auf ihn zukam –, als er die Familie Grotowski ausraubte. Diese unglaublich schäbige Tat war womöglich die Folge einer spontanen Entscheidung angesichts der Gelegenheit, sich in den Besitz einer Geldsumme zu bringen, die es ihm ermöglichen sollte, sich aus der Zwangslage zu befreien, in die er dort oben in den Bergen geraten war, und einen anderen Ort aufzusuchen, wo er beispielsweise als Pianist oder meinetwegen auch durch eine einfache Bürotätigkeit seinen Lebensunterhalt hätte bestreiten und auf diesem Weg nach und nach zu seiner früheren Lebensweise eines Stadtbewohners mit Familie hätte zurückkehren können. Wahrscheinlich rede ich mir da aber auch nur etwas ein, vielleicht hatte Oriol es gar nicht mehr auf Teilhabe am bürgerlichen Leben abgesehen und ihm gefiel sein wildes Berglerleben, vielleicht fühlte er sich auf diese Weise von den Zwängen und Einschränkungen eines herkömmlichen Lebens befreit, wie er es aus Barcelona kannte. Andererseits bin ich wohl schon wieder dabei, lauter nicht zusammengehörige Dinge unter einen Hut zu zwingen, denn wenn ich bei meinem Versuch, das Leben meines Verwandten Oriol nachzuzeichnen, etwas begriffen habe, dann, dass dieser sich nur schwer zu etwas entschließen konnte. Und wenn er sich irgendwann doch zu etwas durchgerungen hatte, war er unfähig, von der einmal eingeschlagenen Wegrichtung abzuweichen, selbst wenn die Umstände es erforderlich machten. So hatte er sich aufs Klavierspielen verlegt, weil das dazugehörige Instrument bei ihm zu Hause im Wohnzimmer stand und von niemandem sonst benutzt wurde. Wie er auch die erstbeste Frau geheiratet hatte, die ihm über den Weg gelaufen war. Dass er aufseiten der Verteidiger der Republik in den Krieg gezogen war, war wiederum bloße Nachahmung seines Vaters und seines Bruders gewesen, und dass er, obwohl selbst schwerverletzt, zu Beginn seiner Flucht über die Pyrenäen einen sterbenskranken Gefährten den Berg hinaufgeschleppt hatte, war wohl auch vor allem den Umständen und gar nicht so sehr einer wie auch immer gearteten heldenhaften Einstellung geschuldet, wie ich sie zu Beginn dieser Geschichte unbedingt in ihm entdecken wollte. Weshalb sein Entschluss, Verbrecher zu werden, vielleicht ebenfalls nicht in erster Linie von ihm selbst stammte. Die Vorstellung von einer Grenze, die man überquert, weil eine Welle sie einem gewissermaßen bis vor die Füße – oder den Fuß, wie es in diesem Fall heißen müsste – getragen hat, scheint mir hier durchaus angemessen; dementsprechend würde, wäre Oriol damals statt auf seine ersten Opfer auf ein Kloster gestoßen, heute wahrscheinlich ein Mönch in einer Zelle einer im Süden Frankreichs gelegenen ehrwürdigen romanischen Anlage für mich und meine Familie beten. Dieser schwache Charakter, wie er sich im Verlauf meiner Niederschrift immer mehr herausgeschält hat, erklärt auch, weshalb Oriol die Nachricht vom Selbstmord seiner Frau einfach so hinnahm und nie wieder den Versuch machte, sich mit jemandem aus der Familie in Verbindung zu setzen. Was Oriol mit dem

Schmuck und dem Geld der Grotowskis gemacht hat, ist nicht bekannt; das Gleiche gilt für das, was er bei späteren Überfällen erbeutete. Wahrscheinlich vergrub er es irgendwo im Wald oder in der Nähe von Novembres Hütte. Mehrere Tage – glaubt man den Unterlagen, waren es genau einundzwanzig – nach seinem ersten Streich verließ der Bruder meines Großvaters erneut mit dem Gewehr im Arm seinen Unterschlupf, um den nächsten schwachsinnigen Überfall zu begehen, und ich sage bewusst »schwachsinnig«, weil seine Schandtaten ihm, soweit bekannt ist, keinerlei Nutzen einbrachten. Er hatte nur darauf gewartet, dass Novembre wieder zu einem seiner Rettungsunternehmen aufbrach, um sich seinerseits das Gewehr zu schnappen und auf die Jagd zu gehen. Dass sein menschenfreundlicher Gefährte Oriols Verhalten missbilligen würde, war diesem selbstverständlich klar; im Fall der Grotowskis hatte er sich aber darüber hinaus an Leuten vergangen, die der Riese gerade erst persönlich gerettet hatte. In den seither vergangenen einundzwanzig Tagen hatte Oriol die Umgebung durchforstet und schließlich eine für seine Zwecke geradezu ideale Stelle ausfindig gemacht, einen schmalen Durchlass zwischen zwei steilen Felswänden, wo unweigerlich hindurchmusste, wer Frankreich auf der Flucht hinter sich lassen wollte. An der Stelle sieht es heute zweifellos noch genau so aus wie damals, was genau genommen für die gesamte Umgebung gilt. Ich habe selbst nachprüfen können, dass es in dieser Gegend tatsächlich keine andere Möglichkeit gibt, bis zur Passhöhe zu gelangen, als jenen schmalen Fußsteig, der teilweise so zugewachsen ist, dass man nur gebückt und einmal, auf einer mehrere Meter langen Strecke, sogar nur auf allen vieren weiterkommt. Das weiß ich, weil sich bei den Oriol belastenden Unterlagen auch eine hektographierte Landkarte befindet, wie sie damals von geschäftstüchtigen Bewohnern der Gegend an all die Leute verkauft wurden, denen sie, wenn sie in ihren Dörfern auftauchten, sogleich ansahen, dass sie um jeden Preis außer Landes gelangen wollten. »Landkarte« ist allerdings wohl nicht ganz das richtige Wort, es handelte sich vielmehr um Zeichnungen, wie ein Pirat sie anfertigen würde, um später seine Schätze wiederfinden zu können; so kindlich, wie diese selbst gemachten Karten daherkommen, so erstaunlich genau sind sie aber gleichzeitig. Die erwähnte Stelle, so viel ist jedenfalls bekannt, hatte Oriol im Lauf der einundzwanzig Tage ausfindig gemacht; vielleicht hatte Madame Grotowski die fragliche Karte auch schon im Gepäck, und sie wurde Teil von Oriols Beute. Wie auch immer, alles, was Oriol an diesem Morgen zu tun brauchte, war, sich auf die Lauer zu legen und abzuwarten, bis jemand, möglichst so schwach und hilflos wie die Grotowskis, des Weges kam. Entsprechend heißt es in den Unterlagen auch, bei allen dort verzeichneten Überfällen – sechs an der Zahl – seien die Opfer Frauen gewesen, die entweder allein oder in Begleitung von Kindern und alten Menschen unterwegs waren; niemals jedoch sei mein Verwandter auf Männer losgegangen. Seine Strategie war denkbar schlicht und hinterwäldlerisch: Im Gebüsch versteckt, überwachte Oriol den Zugangsbereich der schmalen

Passage, und sobald er eine vielversprechende Beute ausgemacht hatte, die sich der Stelle näherte, humpelte er, auf seine Krücke gestützt, eilig ans andere Ende, wo er sein Opfer – ob es nun allein oder an der Spitze einer wehrlosen Schar unterwegs war – auf hinterlistige und wenig elegante Weise überraschte, indem er ihm den Gewehrlauf ans Genick hielt und es aufforderte, ihm alles Geld und die sonstigen Wertsachen auszuhändigen. Manche der Frauen gehorchten aufs Wort und ohne jeden Widerstand, andere dagegen versuchten sich zu wehren oder mit ihm zu verhandeln, indem sie ihn um Mitleid anflehten und an sein Gewissen appellierten. Eine von ihnen wiederum, Madame Virginie Rosenthal – die, obwohl sie und ihre Kinder Oriols Überfall völlig unbeschadet überstanden hatten, Anzeige erstattete, sobald sie der Guardia Civil in die Arme lief –, berichtete, sie habe gleich gemerkt, dass der Angreifer nur ein Bein besaß und sich ungeschickt auf einem Stein abstützte, weswegen sie kurzerhand den Lauf des Gewehrs, mit dem dieser sie bedrohte, zur Seite gerissen habe, woraufhin der Übeltäter »aus einer beträchtlichen Höhe« zu Boden gestürzt sei, genauer: ihr vor die Füße, wobei »wenig fehlte, und er hätte eines der Kinder erdrückt«. »Mir fiel nichts Besseres ein«, erklärt Madame Rosenthal, »als samt dem Gewehr unverzüglich fortzugehen und den Mann dort liegen zu lassen. So haben wir mehrere Kilometer zurückgelegt, ich immer mit dem Gewehr in der Hand, bis wir nach Spanien gelangten. Dort habe ich die Waffe im Gebüsch versteckt, weil es mir unter diesen Umständen noch gefährlicher schien, mit einer

Waffe herumzulaufen, als unbewaffnet zu sein.« Der zeitlichen Reihenfolge nach steht Madame Rosenthals Bericht an vierter Stelle, nach ihr gaben noch zwei Frauen zu Protokoll, dass sie von Oriol überfallen worden seien, die eine gleich am darauffolgenden Tag, und jedes Mal ist die Rede davon, dass mein Großonkel mit einem Gewehr bewaffnet gewesen sei, soll heißen mit dem einzigen Gewehr, das ihm zur Verfügung stand, dem Novembres nämlich, das dieser stets an einem Wandhaken aufhängte. Was wiederum bedeutet, dass Oriol die Waffe, kaum dass sie von Madame Rosenthal jenseits der Grenze im Gebüsch versteckt worden war, wieder an sich nahm, was natürlich nur möglich war, weil er sie beobachtet hatte. Das wiederum bedeutet, dass Oriol, nachdem Virginie Rosenthal ihn durch ihr entschlossenes Handeln hatte zu Boden stürzen lassen, sich den Staub von den Kleidern geklopft und seine Krücke ergriffen haben muss, um sich an die Verfolgung der Dame zu machen. Wahrscheinlich war er dabei, falls nötig, immer wieder hinter einem Busch oder einem Baum in Deckung gegangen; wie ein fußkrankes Raubtier muss er ihnen in sicherem Abstand gefolgt sein, bis er Zeuge geworden war, wie und wo sie das Gewehr versteckte. Dann muss er abgewartet haben, bis Familie Rosenthal außer Sicht geraten war, um gleich anschließend zu dem Gebüsch zu humpeln und das Gewehr wieder in seinen Besitz zu bringen. Indem ich mir diese Geschichte vor Augen führte, trat zu dem Bild, das ich mir bis dahin von meinem Großonkel gemacht hatte, ein wichtiges neues Element hinzu: Hatte ich Wut und Scham angesichts seiner Lebensumstände in den Pyrenäen empfunden, verspürte ich nun zusätzlich so etwas wie Mitgefühl; Oriol war ein gewissenloser Verbrecher, man konnte aber trotzdem auch Mitleid mit ihm haben. Zu diesem Gesamteindruck mit all seinen so widersprüchlichen Einzelheiten kam ich auf ziemlich zufällige Art und Weise; allerdings habe ich jetzt, wo ich dies niederschreibe, den Eindruck, mein Treffen mit Isolda, das so kurz wie heftig verlief und mich schlagartig auf die Spur des wirklichen Oriol brachte, hatte im Gegenteil etwas Unvermeidliches. Erst mehrere Monate nachdem sie es mir zum ersten Mal angeboten hatte, genauer gesagt, eines Nachmittags, als ich ungewöhnlich guter Dinge war und mich eher als sonst imstande fühlte, ihren abstoßenden Anblick zu ertragen, sagte ich zu der Landstreicherin, sie solle mich bitte zu Isolda führen, also zu der Frau, die Oriol 1939 mit äußerst rudimentärem Werkzeug im Verlauf einer Operation, die ich mir bis heute nicht recht vorstellen kann, ein Bein amputiert hatte. Dass ich mich erst so spät dazu aufraffte, lag an der Abneigung, die ich gegen die Landstreicherin hegte, und an dem Wissen, dass ich mich ihr in gewisser Weise auslieferte, wenn ich mich auf ihr Angebot einließ – das redete ich mir jedenfalls während der ganzen Zeit ein, um vor mir selbst zu rechtfertigen, dass ich die Angelegenheit unerklärlicherweise immer wieder aufschob. Heute dagegen, wo ich weiß, was ich durch sie erfahren habe, ist mir klar, dass ich die Sache deshalb hinauszögerte, weil ich mir nicht sicher war, ob ich tatsächlich bis zum innersten Kern der Geschichte vordringen wollte.

Eine ganze Stunde lang wanderten wir durch dichten Wald, auf einem provisorischen Pfad, der die meiste Zeit mehr oder weniger parallel zum Bergkamm verlief und weder aufwärts- noch abwärtsführte, ich immer hinter der Landstreicherin her. Die Frau ging so mühelos dahin, als hätte sie die Strecke schon viele Male zurückgelegt, auch wenn sie hin und wieder ruckartig stehen blieb und genau wie der Riese Witterung aufnahm, indem sie die Nase in den Wind hielt und nach einem bestimmten Punkt in der Ferne ausrichtete. Manchmal, wenn ihr Nasenradar nicht weit genug zu reichen schien, riss sie zusätzlich den Mund auf, so als würde sie im nächsten Augenblick ein lautes Geheul von sich geben. »C'est là-bas«, sagte sie zuletzt und deutete auf eine Stelle im Wald, während sie mit der anderen Hand, die, nackt und knöchrig, wie sie war, etwas von einer Klaue hatte, meinen Unterarm presste. Während ich noch damit beschäftigt war, in der von ihr angegebenen Richtung zwischen den Bäumen eine menschliche Behausung ausfindig zu machen, fügte sie hinzu: »Ich gehe jetzt«, woraufhin sie sich umdrehte und davonlief, ohne mir Zeit zu lassen, Einwände gegen ihr plötzliches Verschwinden zu erheben. Ich bemühte mich weiter, an der von ihr bezeichneten Stelle etwas zu erkennen; als mir das jedoch nicht gelang, ging ich einfach langsam darauf zu. Ohne meine erfahrene Führerin an der Seite fühlte ich mich ein wenig verwaist, als ich mich jetzt ganz allein durchs Gestrüpp schlagen musste, zwischen Brombeerranken und anderen dornigen Zweigen hindurch, stets in Gefahr, über eine der Wurzeln zu stolpern, die überall aus dem Boden ragten. Das ging so weit, dass ich die Frau, die mir noch vor wenigen Minuten Ekel eingeflößt hatte, auf einmal vermisste. Als ich mir schon sicher war, ich hätte mich verlaufen, und mir der einzige Ausweg zu sein schien, mich bis nach Serralongue durchzuschlagen, um mich von dort im Taxi zu der Stelle bringen zu lassen, wo ich mein Auto geparkt hatte, entdeckte ich plötzlich ein kleines Häuschen, das vom Wald ringsum fast verschluckt wurde. Wie groß die Hütte tatsächlich war, ließ sich von außen nicht erkennen, eindeutig auszumachen waren bloß die Eingangstür und zwei Fenster; bei genauerem Hinschauen wurden außerdem das Dach und vor allem ein Schornstein sichtbar, dem eine dünne Rauchsäule entstieg, die sich im Nebel auflöste. Ich streckte den Kopf durch die Tür und sagte: »Bon dia.« Im Innern war es erschreckend dunkel. Der Wald hatte das kleine Haus entschlossen in Besitz genommen und seinem Reich einverleibt; darüber hatte es sich in ein feuchtes, schattiges Etwas verwandelt, das von einer gespenstisch wuchernden Pflanzendecke umhüllt wurde. »Was stehen Sie da rum? Kommen Sie rein!«, sagte daraufhin eine Frau, von der kaum mehr als die Umrisse zu erkennen waren, in einer Mischung aus Katalanisch und Französisch. Folgsam trat ich ein. Von innen kam das Haus mir winzig klein vor. »Isolda?«, fragte ich. Meine Augen hatten sich inzwischen ein wenig an die Dunkelheit gewöhnt, und so stellte ich fest, dass die Frau in einem Sessel saß, der an den offenen Kamin gerückt war. »Das bin ich«, sagte sie, und auf ihrem Gesicht schien sich ein Lächeln abzuzeichnen. Als ich gleich darauf neben ihr stand, konnte ich jedoch sehen, dass dieses Gesicht von so unendlich vielen Falten durchzogen war, dass sie sich noch so sehr hätte bemühen können, eine freundliche oder auch abweisende Miene aufzusetzen – der bloße Versuch war von vornherein dazu verurteilt, in all den Furchen unterzugehen, die gleichsam wie Baumringe anzeigten, wie viele Jahre diese Frau schon auf der Erde war. Hätte man sie gezählt, hätte eine unerhörte Ziffer herauskommen müssen, schließlich war Isolda, als sie Oriols Bein amputiert hatte, schon eine erwachsene Frau gewesen. Im rötlichen Schimmer des im Kamin brennenden Feuers konnte ich schließlich ihre Augen genauer erkennen, zwei klare Brunnen, in denen sich ein so lebhafter Blick regte, dass das sie umgebende Gesicht und der restliche Körper zu einem einzigen Panzer verschmolzen, zu etwas, dessen Aufgabe darin bestand, einen empfindlichen Kern gegen die Angriffe der Außenwelt abzuschirmen – so als wäre alles außer ihren Augen bloß dazu da, die ewige Jugend ihres Geistes zu beschützen. »Und was wollen Sie hier?«, fragte sie jetzt durchaus misstrauisch. Dass diese Alte nicht übermäßig oft Besuch empfing, war offenkundig. »Ich arbeite an einer Untersuchung über traditionelle Medizin im Pyrenäenraum«, log ich. »Und Sie führen angeblich sogar Operationen durch, habe ich mir sagen lassen.« Auf diese Weise hoffte ich, möglichst rasch auf das Thema zu sprechen zu kommen, das mich am meisten interessierte. »Früher ja«, sagte sie und blickte ins Feuer, »aber für so was habe ich heute keine Kraft mehr. Dafür bin ich zu alt.« Als ich gerade etwas entgegnen wollte, stützte sie das Kinn auf den

Knauf ihres Krückstocks und verfiel schlagartig in einen Dämmerzustand. Vielleicht hatte sie auch bloß beschlossen, dass es Zeit für ein Mittagsschläfchen war; mir passte das jedenfalls gar nicht, wollte ich ihr doch, so schnell es ging, so viele Informationen wie möglich entlocken und mich gleich danach aus dem Staub machen, weshalb ich ihr aus Furcht, sie könne völlig in Abwesenheit versinken, mit einer dreisten Frage auf den Leib rückte: »Stimmt es, dass Sie auch Amputationen durchgeführt haben?« Die Alte richtete sich auf, nahm ihren verlorenen Blick vom Feuer und sah mich mit einem Ausdruck an, der so viel Härte enthielt, wie ich es einem so zerbrechlichen und eingeschrumpften Körper niemals zugetraut hätte. Ich hatte das Gefühl, als betrachtete sie mich auf einmal mit den Augen von jemand anderem. »Ja, das stimmt«, sagte sie, offensichtlich nicht ohne Stolz, was nicht nur der Ausdruck verriet, der sich in diesem Augenblick unter ihren Runzeln erahnen ließ – auch wenn der, streng genommen, für alles Mögliche stehen konnte. Dann erhob sie sich aus ihrem Sessel und näherte sich entschlossen, wenn auch auf den Stock gestützt, einem Regal, das nur so überquoll von Gegenständen, zwischen denen sie das offenbar einzige Buch hervorzog, das sich in diesem Haus befand, einen dicken Wälzer, den sie mit einiger Mühe zum Tisch beförderte, der seinerseits fast völlig mit Gegenständen bedeckt war. Das Buch legte sie auf die einzige freie Stelle, dorthin, wo sie sonst wahrscheinlich zur Essenszeit ihren Teller platzierte. Ich sah ihr dabei zu und wagte nicht einzugreifen, geschweige denn meine Hilfe anzubieten; Isolda schien mir zu den Leuten zu gehören, die solch ein Angebot als Beleidigung empfinden. Während sie das riesige Buch auf der knappen Fläche zurechtrückte, erklärte sie mir mit ebenso knappen Worten, dass dieser Beruf schon seit mehreren Generationen in ihrer Familie ausgeübt werde, mit ihr aber sein Ende gefunden habe, ihre Tochter habe nämlich kein Interesse daran, sie sei nach Lyon gezogen, »um ein modernes Leben zu führen«, das mit dem ihren nichts mehr zu tun habe. »Sie ist das Kind einer anderen Zeit«, sagte sie, woraufhin ich fragte – warum, weiß ich selbst nicht, vielleicht bildete ich mir ein, indem ich das Gespräch in diese Richtung lenkte, könne ich meinen vorausgegangenen Bermekungen ein wenig von ihrer Schärfe nehmen –: »Sie haben also eine Tochter?« Während sie unaufhörlich mit beiden Händen über das Buch strich, als wollte sie es von einer dicken Staubschicht befreien, beendete Isolda das Thema ihrerseits mit einer kurzen Bemerkung: »Ich hatte zwei, aber eine ist schon vor langer Zeit gestorben.« »Das tut mir leid«, stammelte ich, aber da schlug sie bereits das Buch auf und winkte mich mit einer Handbewegung zu sich heran. Es lag eine gewisse Koketterie in ihrer Bewegung, die mich auf den Gedanken brachte, dass sie früher eine sehr hübsche Frau gewesen sein müsse. In dem Buch, das Isolda mir zur Betrachtung vorlegte, war eine sorgsam ausgeführte Tuschzeichnung zu sehen, die das Innenleben eines Vierfüßers wiedergeben sollte, vielleicht war es ein Esel, dessen Glieder und Organe da sämtlich durch Pfeile bezeichnet wurden, denen Erklärungen beigegeben waren – in einer Handschrift, von der ich kaum etwas entziffern konnte –, die alle möglichen Begriffe, Funktionsweisen, besonderen Eigenschaften und sonstige Einzelheiten verdeutlichten. Die übrigen Buchseiten enthielten noch mehr solcher Zeichnungen, die mit nicht weniger urwüchsigem Strich ausgeführt waren und weitere Tiere, aber auch Menschen darstellten. Insgesamt handelte es sich um eine seltsame Ansammlung anatomischer Darstellungen von der Hand eines Amateurzeichners, womöglich Isoldas selbst. Ich weiß nicht und konnte es auch nicht in Erfahrung bringen, auf welche Weise sie dieses Handbuch benutzte. Mein Eindruck ist jedenfalls, dass Isolda ihr Handwerk auf höchst ursprüngliche Art und Weise gelernt hatte, oder vielmehr, dass ihre Kenntnisse unmittelbar aus der Quelle schöpften. Ihre Sammlung von Zeichnungen, die etwas durchaus Furchteinflößendes hatte, verdankte sich in keiner Weise irgendwelchen anderen Büchern, es handelte sich vielmehr um ein in einsamer Arbeit ganz und gar eigenständig geschaffenes, einzigartiges Werk, ein Anatomiehandbuch, das ohne jeden Einfluss herkömmlicher wissenschaftlicher Kenntnisse entstanden, dabei jedoch auf empirischem Weg zu den nahezu gleichen Einsichten gelangt war wie die, wenn man so will, »offizielle« Anatomie. Während Isolda vor meinen Augen die dicken Buchseiten umblätterte, auf denen die tierische und menschliche Fleischlichkeit in all ihren Erscheinungsformen wiedergegeben war, hatte ich das Gefühl, im gerade erst begonnenen 21. Jahrhundert Zeuge der Geburt der modernen Wissenschaft zu werden, deren frühestes Kapitel kennenzulernen, in dem ein unruhiger Geist Beobachtungen macht, diese schriftlich festhält, wiederholter Überprüfung unterwirft und schließlich seine Schlüsse zieht. Eine ähnliche Unruhe hatte seit einiger Zeit mich selbst erfasst, sie brachte mich dazu, überall herumzufragen, alle möglichen Dinge kritisch zu beäugen, nachzuforschen, Fakten zu sammeln. Mehrfach stand ich kurz davor, mein Mobiltelefon zu zücken und die Buchseiten abzufotografieren. Ich tat es nur aus Achtung vor der alten Frau nicht, mir war klar, dass sich damit im Innern dieses Hauses, das der Wald sich einverleibt hatte und wo derlei weder alltäglich noch harmlos wirken konnte, ein Spalt zwischen ihrer Welt und der meinen auftun würde, ein Einfallstor, durch das innerhalb eines Augenblicks, der nicht länger gedauert hätte als das Klicken meiner Kamera, die vierhundert Jahre hereingestürmt wären, die uns voneinander trennten – und nichts berechtigte mich zu einer derartigen Niederträchtigkeit. Als ich das gesamte Buch vorgeführt bekommen hatte, gab ich, beeindruckt, wie ich war von der Einzigartigkeit von Isoldas Werk, der Versuchung nach und sagte, was ich nicht hätte sagen dürfen. Ich wollte ein für alle Mal den Schleier von der geheimnisvollen Operation reißen, das Mysterium von Oriols meisterhaft amputiertem Bein aufklären, das sich beim Licht einer Handvoll Kerzen und mithilfe einer Reihe von Werkzeugen vollzogen hatte, bei denen es sich, wie mir in diesem Augenblick schien, nur um die Ansammlung von Gegenständen gehandelt haben konnte, die rings um das Buch den Tisch füllten und eher für die Tätigkeit eines Schreiners bestimmt schienen. Ich gab also der Versuchung nach, einer Versuchung, die durch mein schlechtes Gewissen verstärkt wurde, schließlich hatte ich Isolda etwas vorgemacht und behauptet, ich sei mit einer wissenschaftlichen Untersuchung beschäftigt; verstärkt wurde sie aber auch durch meine Gier, ich wollte einfach alles wissen, was mit dieser Geschichte zu tun hatte, auch die letzte Einzelheit, so dass ich schließlich, ohne einen weiteren Gedanken an die möglichen Folgen zu verschwenden, sagte: »Sie haben 1939 meinem Großonkel in der Hütte von Novembre Mestre ein Bein amputiert.« Isoldas Blick ließ mich einige Schritte in Richtung Tür zurückweichen; dabei stieß ich in der Aufregung einen kleinen Tisch um, auf dem lauter Fläschchen standen. Eine plötzliche Wut hatte die Alte gepackt, die aus ihren leuchtend hellen Augen nur so hervorblitzte, während sie inmitten des Lärms der auf dem Boden zersplitternden Glasgefäße mit dem Finger auf mich zeigte und sagte: »Oriol.« Ich nickte, und sie wurde noch wütender und hob eine Hand, wie um etwas zu sagen, was ihr Mund nicht aussprechen konnte, etwas, was ihre Kräfte überstieg und sie an die Stelle gefesselt hielt, wo sie sich befand, direkt am Tisch, mit einem Ausdruck im Gesicht, der trotz ihrer Runzeln an Deutlichkeit nichts zu wünschen übrig ließ, eine furchterregende Fratze, bei deren Anblick ich die Flucht ergriff. Ich war ohnehin schon in der Nähe der Tür, und so machte ich mich jetzt einfach davon; ich drehte mich um und rannte hinaus, und auch draußen im Wald lief ich immer noch weiter, war doch das Einzige, was ich in diesem Augenblick wollte – etwas Besseres fiel mir nicht ein –, so schnell wie möglich mein Auto zu erreichen und nach Barcelona zurückzufahren. Mit nichts in den Händen lief ich aus Isoldas Haus, keines der Geheimnisse, die Oriols amputiertes Bein umgaben, hatte ich aufklären können. Allerdings war mir durch Isoldas heftige Reaktion bei der Erwähnung meines Großonkels klar geworden, dass die Informationen, an die ich durch den Riesen gelangen konnte, nicht ausreichten, weshalb ich noch auf der Rückfahrt beschloss, meine Nachforschungen auf das für diese Gegend zuständige Gemeindeamt auszudehnen. Woraufhin nach und nach all die beschämenden Vorfälle um Madame Grotowski und die übrigen wehrlosen Flüchtlingsfamilien zutage kamen, denen mein Großonkel mitten im Wald mit schussbereitem Gewehr aufgelauert hatte. Akte um Akte arbeitete ich mich bis zum Kern der Geschichte vor und fand all das heraus, was ich heute weiß, vielleicht aber lieber niemals erfahren hätte. Als ich, bereits auf der Autobahn, die mich auf direktem Weg nach Hause bringen würde, die Grenze überquerte, sagte ich mir, dass ich genau besehen doch nicht mit völlig leeren Händen aus dem kleinen Haus im Wald geflohen war. Isolda hatte mich schließlich auf die Spur des wahren Oriol geführt, genau darin hatten ihre Zauberkraft und ihr Geheimnis bestanden.

Teil II

7

Eines Nachts brach der Riese wie immer zur gewohnten Rettungsrunde auf. Doch schon eine halbe Stunde später musste er die Arbeit einstellen und aufhören, in Klüfte und Felsspalten zu spähen und ungewöhnliche Schneeanhäufungen in Augenschein zu nehmen, weil ein so heftiger Sturm eingesetzt hatte, dass ihm nichts anderes übrig blieb, als in einer Höhle Zuflucht zu suchen. Mithilfe einiger feuchter Holzscheite brachte er mit Mühe und Not ein Feuer in Gang. Sein Aufenthalt in der Höhle »dauerte viel zu lange«, wie der Riese erzählte, der diesen Vorfall, die Tatsache, dass er seine Runde hatte abrechen müssen, die Holzscheite, »die einfach nicht brennen wollten«, und das, was danach geschah, hartnäckig miteinander in Verbindung brachte. Das Bestehen auf einem angeblichen Zusammenhang so verschiedener Dinge hat mit bestimmten Vorahnungen und seltsamen Empfindungen zu tun, die er damals offenbar hatte und die sich eine Stunde später bewahrheiten sollten, als tatsächlich ein Unglück seinen Anfang nahm. Zunächst verzog das Unwetter sich jedoch erst einmal, und an dem wie rein gewaschenen Nachthimmel stieg der Mond auf, in dessen Schein der Schnee glitzerte. Unter diesen unversehens so günstigen Wetterverhältnissen war der Abstieg zur Hütte für den Riesen geradezu ein Kinderspiel, sosehr er dabei auch von den erwähnten Vorahnungen gequält wurde. Als er sich seiner Hütte näherte, sah er Licht darin, und aus dem Schornstein stieg Rauch. Das war nicht weiter verwunderlich, schließlich wohnte Oriol damals ja bei ihm, doch noch bevor Novembre eintrat, »merkte ich, dass nicht nur einer, sondern mehrere Leute in meiner Hütte waren, Ziegenhirten vielleicht, hab ich zu mir gesagt; wahrscheinlich waren sie auch von dem Unwetter überrascht worden, so was war schon öfter vorgekommen«. Als er daraufhin mit ungewohnt heftigem Herzklopfen die Tür öffnete, sah er jedoch vier bewaffnete Guardia-Civil-Beamte vor sich, die schon auf ihn warteten, um ihm Handschellen anzulegen und die Gewehrkolben in die Rippen zu stoßen. Man führte ihn ab und brachte ihn in ein Feldlager im jenseits der Grenze gelegenen Camprodón. Unterwegs dämmerte dem Riesen allmählich, wie es hierzu hatte kommen können. Einer der Guardia-Civil-Beamten hatte gesagt, er werde beschuldigt, »geflohene Mitglieder der feindlichen Truppen« zu unterstützen. Was zu der Tatsache passte, dass Novembre kurz davor einen seltsamen Zeitgenossen aufgelesen und einige Tage lang in seiner Hütte versorgt hatte: Dieser war, nachdem er sich von ihm verabschiedet hatte, unversehens in Richtung Spanien verschwunden, obwohl er anfangs behauptet hatte, von ebendort geflohen zu sein. »Der muss mich damals angezeigt haben«, sagte Novembre, »und er ist auch schuld, dass sie mich dann nach Spanien verschleppt haben.« Die riesigen und ungewöhnlich tiefen Fußspuren Novembres, die wohl niemand so ohne Weiteres einem Menschen zugeschrieben hätte, und die normalen Spuren der Guardia-Civil-Beamten müssen zusammen ein ziemlich merkwürdiges Bild abgegeben haben. Auch ich hatte immer wieder darüber gestaunt, wie grundverschieden die Abdrücke waren, die wir bei unseren gemeinsamen Märschen durch den Schnee hinterließen. Wie auch immer, der Riese erzählte weiter, er habe sich der Verhaftung in keiner Weise widersetzt – trotz seines Verdachts in Bezug auf den erwähnten seltsamen Zeitgenossen habe er nicht ausgeschlossen, dass dem Ganzen auch schlichtweg »ein Irrtum« zugrunde liegen könne. Damit wollte er seine Passivität und Gefügigkeit angesichts dieses Übergriffs rechtfertigen, den er, wenn man bedenkt, wie sehr er seinen Gegnern an Körperkraft und Statur überlegen und wie einsam und menschenleer diese Gegend war, mühelos hätte beenden können, indem er die vier Polizisten einfach wie ein Quartett lästiger Stubenfliegen abgeschüttelt hätte. Für diese hatte es angesichts der Tatsache, dass der Spitzel von einem »Riesen« gesprochen hatte, »der oben in den Pyrenäen mit dem Feind zusammenarbeitet«, in jedem Fall wenig zu überlegen gegeben. Sie hatten sich unverzüglich auf den Weg gemacht, und das, obwohl sie sich als Angehörige der spanischen Guardia Civil in eklatanter Weise einer Grenzverletzung schuldig machten, indem sie einen französischen Staatsbürger auf französischem Staatsgebiet verhafteten und in ein spanisches Gefängnis verschleppten. Genau deshalb überprüfte ich auch an dem Tag, an dem ich die Hütte entdeckte – die Geschichte von Novembres Verhaftung kannte ich da schon –, zuallererst, ob sie tatsächlich zum Sendebereich der französischen Telefongesellschaft Bouygtel gehörte, was sich zweifelsfrei bestätigte. Bei meiner Suche nach einer Erklärung für diese derart willkürliche Verhaftungsaktion spanischer Polizisten auf französischem Boden stieß ich im Gemeindearchiv von Serralongue auf eine etwas weiter reichende Antwort, die sich kurz zusammenfassen lässt: Seltsam ist es schon, es kam in dieser unruhigen Zeit jedoch durchaus öfter vor. Anschließend sollte der Riese Oriol nie wieder zu Gesicht bekommen. »Als ich aus dem Gefängnis zurückgekehrt bin, war er verschwunden. Und vor ein paar Jahren hat mir jemand erzählt, dass er in Perpignan gestorben ist«, sagte Novembre im Verlauf des ersten Monologs, dessen Zeuge ich in Lamanère wurde. Dass ich so erfuhr, wo mein Großonkel in Wirklichkeit gestorben war, schien mir selbstverständlich von allergrößter Bedeutung. Ich widmete daraufhin mehrere Tage dem Versuch, Spuren seines Todes aufzutreiben, indem ich die Archive des Rathauses und der Präfektur von Perpignan durchstöberte, allerdings ohne jeden Erfolg; ich stieß auf keine einzige Akte, kein noch so knapp verfasstes Dokument, das sein Hinscheiden verzeichnet hätte. Auch in einer Liste »Verstorbener ohne Familienangehörige«, die seit 1930 vom Rathaus geführt wird, entdeckte ich seinen Namen nicht. Alles, was ich letztlich herausbekam, war die Zahl 219 – so viele »nicht identifizierte Tote« hat es während derselben Zeit in Perpignan gegeben, durchschnittlich also drei pro Jahr, von denen gut und gerne einer auch Oriol sein könnte. Als ich Novembre fragte, wer denn dieser »jemand« sei, der ihm von Oriols Tod erzählt habe, antwortete er, ein Ziegenhirte aus Toulouges, einem Ort in der Nähe von Perpignan. Dieser Mann sei Oriol mehrfach begegnet, »als er noch bei mir in der Hütte gewohnt hat«. Dann fügte Novembre barsch hinzu, als wollte er mir einen Vorwurf machen: »Aber das habe ich dir schon erzählt, als du das erste Mal hier warst, außerdem hat er mir das Foto gegeben, das Sonia dir nach Argèles-sur-Mer mitgebracht hat. Oriol hat das immer bei sich in der Tasche gehabt.« Irgendwann beschloss ich dann, dem Riesen zu glauben, solange kein Schriftstück auftauchte, das das Gegenteil belegte. Seine Version entsprach in jedem Fall eher der Wirklichkeit als die unserer Familie. Auch das Foto, auf dem er zusammen mit meinem Großvater und meinem Urgroßvater an der Front in Aragón zu sehen ist, ist im Vergleich zu den von uns auf La Portuguesa gepflegten Vorstellungen über Oriols Tod etwas unabweisbar Reales. An dieser Stelle könnte der Riese eigentlich aus der Erzählung verschwinden, andererseits fände ich es vom jetzigen Standpunkt aus unanständig, ihn einfach so zu verabschieden und ihm bloß die Rolle eines Informanten zuzugestehen, auch wenn er genau das in erster Linie gewesen ist. Dass es eine wechselseitige Verbindung zwischen den beiden Geschichten gibt, also zwischen der des Riesen und der Oriols, oder, anders gesagt, zwischen der des Riesen und meiner eigenen Geschichte, scheint mir unbestreitbar. Kaum hatte ich die ersten Teile der einen ans Tageslicht befördert, kam auch die andere zum Vorschein, unsere Geschichten hängen nun einmal zusammen, wie sie auch, jede für sich, mit wieder anderen zusammenhängen. Es ist, wie wenn man an einer Wurzel zieht und entdeckt, dass diese Wurzel viel länger ist als angenommen; und doch ist sie in ihrer vollen Länge kaum mehr als ein winziger Bestandteil eines ganzen Netzes von Wurzeln, die immer dicker werden, je näher man sich an den Stamm eines gewaltigen Baumes heranarbeitet, der sich viele Meter von einem entfernt erhebt und seinerseits das Wesen ist, das all diese Wurzeln am Leben halten, ein riesiger Baum, dem ich den Namen »der verlorene Krieg« geben möchte.

Der Riese wurde also in das Militärlager bei Camprodón gebracht und dort vier Monate lang in eine kahle Zelle gesperrt, die er morgens und abends jeweils für fünf Minuten verlassen durfte, stets begleitet von zwei Wachsoldaten und mit aneinandergeketteten Handgelenken und Fußknöcheln. Weder hierfür noch für alles Folgende gab es irgendeine richterliche Anordnung, es lag keinerlei Anklageschrift vor, nirgendwo tauchte auch nur in einer Zeile der Name Novembre Mestre auf. Das Ganze war und blieb eine vollkommen willkürliche und illegale Unternehmung, die Folge einer Denunziation. Nachdem die, laut dem Riesen, vier Monate verstrichen waren, wandte sich der zuständige Offizier an seinen Vorgesetzten in Barcelona und bat um Anweisung, wie mit dem Gefangenen weiter zu verfahren sei, nach dem sich während der gesamten Zeit niemand erkundigt hatte und zu dessen besonderen Eigenschaften zählte, dass er von riesenhafter Gestalt war, ein wildes Gemisch aus Katalanisch und Französisch sprach und wegen eines Vergehens angeklagt war, das bis dahin in keiner Weise hatte nachgewiesen werden können. Doch statt ihn auf freien Fuß zu setzen und in seine Hütte zurückkehren zu lassen, wo seine Ziegen längst ein eindrückliches Lehrstück in Sachen Kannibalismus aufgeführt hatten, schickte man ihn weiter in die Kaserne von Mataró, wo gerade eine Reihe von Baumaßnahmen durchgeführt wurde, bei der seine Größe und Muskelkraft sehr willkommen war. Novembre, der die Grenzen seiner bergigen Heimatregion bis dahin nie überschritten hatte, glaubte sich zu diesem Zeitpunkt ans Ende der Welt verbannt, weshalb er, um die unermessliche Last, sich fern von allem Bekannten in Feindeshand zu befinden, nicht noch zusätzlich zu vergrößern, widerspruchslos alles tat, was Oberst Chapejo, der Befehlshaber der Kaserne von Mataró, anordnete: hier eine Wand errichten, dort eine Mauer verstärken und anschließend noch ein Loch im Dach abdichten. Um die Form zu wahren und seinen Gefangenenstatus wenigstens minimal aufrechtzuerhalten, schloss man Novembre des Nachts zusammen mit den übrigen Häftlingen ein, wobei er in seiner Zelle bloß eigenhändig einen Riegel zur Seite zu schieben brauchte, um freie Bahn zu haben und, wenn ihn danach verlangte, durch die Straßen und entlang der Strände von Mataró zu wandern. Er unternahm ausgiebige Spaziergänge, auf denen er sehnsüchtig seinen Erinnerungen nachhing. Chapejo hatte vom ersten Augenblick an gemerkt, dass dieser Riese keiner Fliege etwas zuleide tun würde, und seine Überwachung nach und nach gelockert, er wusste, dass Novembre Abend für Abend die Zelle verließ und seine Runden drehte, zugleich war er jedoch vollkommen sicher, dass er den Riesen am nächsten Morgen schlafend in seiner Zelle vorfinden würde. Irgendwann war Novembre überhaupt nicht mehr anzumerken, dass er eigentlich zu den Gefangenen gehörte; stattdessen war er mittlerweile so etwas wie der Lagerverwalter der Kaserne geworden, ja, nachdem nochmals einige Monate verstrichen waren, begann man sogar, ihm, obwohl er weiterhin in der Zelle übernachtete, ein Gehalt zu bezahlen, dem, so lächerlich gering es auch war, doch eine ungeheure symbolische Bedeutung zukam. Darüber hinaus fiel ihm nun die Aufgabe zu, sich um die Häftlinge zu kümmern, wenn Chapejo sich selbst Ausgang genehmigte und auf Sauftour ging, womit die Absurdität der Lage des Häftlings Novembre Mestre natürlich ihren Höhepunkt erreichte. Bei einem dieser abendlichen Spaziergänge kam es zu seiner Begegnung mit dem Besitzer eines Wanderzirkus, der gerade seine Zelte in Mataró aufgeschlagen hatte. Der Zirkus nannte sich »Gebrüder Núñez aus Murcia« und hielt seine Vorstellungen ab, wo auch immer der Bürgermeister eines spanischen Dorfes die Genehmigung dazu erteilte. Der Zirkusdirektor, zugleich der letzte noch lebende Núñez-Bruder, saß vor seinem Wohnwagen und zerbrach sich den Kopf darüber, wie er die für den nächsten Tag angesetzte erste Vorstellung an diesem Ort über die Bühne bringen solle, als auf einmal der Riese vorbeikam, der, wie immer in schwermütige Erinnerungen versunken, den Blick gen Horizont gerichtet hielt, dorthin, wo sich seiner Vermutung nach seine Hütte befinden musste. Unter seinen stampfenden Schritten erzitterte der Boden, nicht anders, als wäre in diesem Augenblick eine Herde Zirkustiere dort entlanggelaufen. Allerdings beschränkte sich der Tierbesitz dieses bettelarmen Provinzzirkus in jenen Nachkriegstagen auf zwei halb verhungerte Affen, drei überreizte Ziegen, die bei ihren Auftritten jedes Mal bloß wie verrückt in der Arena umhersprangen, und einem riesigen Stier, auf dessen Rücken die Clowns Platz nahmen. Damit dieser Stier in Form blieb und ja nicht an Körperumfang oder an dem stattlichen Gewicht verlor, das für ähnlich heftige Erschütterungen wie die Schritte des Riesen sorgte, musste das halbe Zirkusbudget aufgewendet werden. Und ebendieses Beben, das beide gleichermaßen auszulösen vermochten, brachte den Zirkusdirektor womöglich auf die Idee, in Novembre die ideale Ergänzung seiner Stiernummer zu sehen, die er sich sogleich auszumalen begann, während er der riesigen, wie vom Schicksal geschickten Gestalt hinterherblickte, die so nachdenklich wie ziellos am Strand entlangging und in der Ferne immer kleiner wurde. Rauchkringel ausstoßend, ließ er Novembre vor seinem inneren Auge als römischer Soldat verkleidet gegen sein wertvollstes Tier antreten. Als der letzte der Núñez-Brüder jedoch zu Ende geraucht hatte, war der Riese hinter einer Düne außer Sicht geraten – er hatte ihn genauso davonziehen lassen, wie er an diesem Abend bereits ein Mädchen, das ihm eine vielversprechende Seiltänzerinnenfigur zu besitzen schien, eine dicke Matrone, der er ohne Zögern einen ansehnlichen Bart ins Gesicht zauberte, und einen auffallend beweglichen Knaben, der nur ein wenig hätte trainieren müssen, um sich in den »Gummimensch von Mataró«

zu verwandeln, bestaunt, seine visionären Gedanken jedoch umgehend wieder verworfen hatte. An Einbildungskraft mangelte es diesem Herrn Núñez wahrlich nicht, an Kapital dagegen schon, weshalb er sich auch keinen einzigen weiteren Esser an seinem Tisch leisten konnte, so unermüdlich er vor seinem inneren Zirkusdirektorenauge auch Kandidat um Kandidat daran Platz nehmen ließ. Und dennoch war und blieb er jederzeit ein Mann des Showgeschäfts, der sich folgerichtig in dieser Nacht schlaflos und schweißgebadet im Bett umherwälzte, weil ihm die Vorstellung, wie der Riese in seiner Arena zum Kampf gegen seinen Stier antreten würde, keine Ruhe ließ; ihn quälte eine Folge grandioser Bilder, die genau genommen bloße Abwandlungen seiner anfänglichen Vision waren, in der der Riese, ein Knie auf den Boden gestützt und dem Stier einen Arm um dessen breiten Nacken schlingend, dieses Urviech mit bloßer Körperkraft dazu zwang, mit seiner feuchten Schnauze den Zirkusboden zu berühren. Früh am nächsten Morgen wachte er auf (sozusagen – in Wirklichkeit hatte er die ganze Nacht kein Auge zugetan) und zog sogleich los, um so lange im Dorf herumzufragen, bis er herausgefunden hatte, wo der Riese anzutreffen war. Er hatte das Jackett an, in dem er sich normalerweise vor sein Publikum stellte, rasiert hatte er sich jedoch nicht, und seine Augen waren von der durchwachten Nacht rot und gereizt. Man hätte meinen können, statt eines Zirkusdirektors einen Trinker vor sich zu haben, der soeben von einem fürchterlichen Saufgelage zurückkehrte, womit man ihm allerdings Unrecht getan hätte, hatte er es sich doch zur Lebensregel gemacht, nie auch nur einen Tropfen Alkohol zu sich zu nehmen. Schließlich hatte dieses Gift seine beiden Brüder hinweggerafft, die zu Zeiten, als es dem Zirkus gut gegangen war, unsägliche Mengen davon in sich hineingeschüttet hatten und auf diese Weise viel zu früh aus dem Leben geschieden waren. Der eine im Klammergriff einer gemeinen Zirrhose, der andere infolge eines Fehltritts oder vielmehr Fehlgriffs nach einer Trapezstange, der er sich kühn entgegengeschwungen hatte, obwohl ihm eine ungeheure Menge *Anís del Mono*, die er zuvor zu sich genommen hatte, völlig die Sicht vernebelte. Irgendwann hatte Herr Núñez sich dann tatsächlich bis zur Kaserne von Mataró durchgefragt, schließlich kannte jedermann im Ort den Riesen. Dessen einsame – und buchstäblich erschütternde – Wanderungen waren längst zu einem festen Bezugspunkt im Leben der Dorfbewohner geworden; das ging angeblich so weit, dass manche von ihnen sich auf folgende Weise zu verabreden pflegten – was freilich eine Übertreibung beziehungsweise eine dichterische Freiheit sein dürfte, wie auch Novembre sie sich gelegentlich wohl hat herausnehmen wollen: »Bis später, an der Plaza, wenn der Riese vorbeigezogen ist.« Als Herr Núñez schließlich, stocknüchtern, obgleich dem Anschein nach sturzbetrunken, die Kaserne betrat, musste er feststellen, dass der Riese dort nicht nur, wie man ihm erzählt hatte, kleinere Arbeiten übernahm und auch sonst noch alles Mögliche erledigte, sondern, was weit darüber hinausging, offensichtlich zu einem guten Teil für den Laden insgesamt verantwortlich war. Schließlich saß er ganz allein auf zwei Stühlen da, hatte die riesigen Füße auf den Tisch gestützt, schnarchte laut und bewachte, worauf der Schlüsselbund am Gürtel des Riesen hindeutete, gleichzeitig seine in den Zellen eingeschlossenen Mitgefangenen. Dieser Eindruck, der so gar nicht zu Núñez' Absichten passen wollte, hielt diesen nicht davon ab, an die Tür zu klopfen und sich so laut zu räuspern, dass es den Lärm der Schnarchgeräusche übertönte, von denen sich in regelmäßigen Abständen die Gardinen bauschten. Da all seine Weckversuche jedoch erfolglos blieben, entschied Herr Núñez irgendwann, sich dem schlafenden Riesen zu nähern und ihn sanft an der Schulter zu berühren. Eine Unvorsichtigkeit, die er sogleich bereuen sollte, fuhr Novembre davon doch erschrocken auf seinen zwei Stühlen zusammen, um anschließend bei dem Versuch, die Füße vom Tisch zu nehmen, ungewollt mit voller Wucht den Schreibtisch umzustoßen, ein altes Eisenmöbel, das mit ohrenbetäubendem Knall auf dem Boden aufschlug. Dadurch erwachten auch die übrigen Häftlinge aus ihrem Dämmer, pressten die Gesichter an die Gitterstäbe und veranstalteten ihrerseits einigen Lärm, bis der Riese irgendwann auf seinen zwei Füßen stand und zwischen dem Durcheinander auf dem Boden und dem zutiefst erschrockenen Gesicht des Herrn Núñez' hin und her sah. Zur Strafe für sein übereiltes Vorgehen erwartete der Zirkusdirektor nicht weniger, als dass der Riese ihn umgehend durch ebendas Fenster hinausbefördern werde, das zuvor seine Schnarcher hatte entweichen lassen. Stattdessen sah er jedoch einen völlig verschüchterten Riesen vor sich, der ihn angstvoll anblickte, als wäre

Herr Núñez sein Vorgesetzter, der ihn soeben bei einem Regelverstoß erwischt hatte, woraufhin Herrn Núñez nichts anderes übrig blieb, als diesen Hünen von einem Mann zu trösten. »Immer mit der Ruhe«, sagte er und half ihm, den Schreibtisch aufzustellen. »Mir gehört der Zirkus hier am Ort, und ich wollte Ihnen einen Vorschlag machen«, fügte er hinzu und fing dann an, kaum hatte er sich klargemacht, dass der Riese gar kein Spanisch sprach, diesem in einem äußerst rudimentären Französisch, das vor allem aus fahrigen Handbewegungen, Grimassen und einem ständig wiederholten *voilà* bestand, sein Vorhaben zu schildern. Der Riese stand mit vor der Brust verschränkten Armen da und hörte ihm angestrengt zu, was sich für Herrn Núñez auf die Dauer als reichlich unbequem erweisen sollte, war es für ihn doch, als befände sich sein Gesprächspartner hoch oben auf einem Turm. Der Mann vom Zirkus verließ die Kaserne aber zuletzt mit dem Versprechen des Riesen, dass dieser über seinen Vorschlag nachdenken und ihm am nächsten Tag Genaueres dazu sagen werde. Natürlich gilt es hierbei zu bedenken, dass zwischen dem katalanischen Französisch des Riesen und dem mit Händen und Füßen gesprochenen Französisch von Herrn Núñez Platz für jede Menge Missverständnisse war. Einige Stunden nachdem der Zirkusdirektor am Fuß des Turms stehend sein Angebot formuliert hatte, führte der Riese – womöglich zum ersten Mal – ein Gespräch mit Oberst Chapejo, der nach einer Nacht wilder Ausschweifungen inzwischen in die Kaserne zurückgekehrt war, um dort wieder das Kommando zu übernehmen. Auch wenn er von der seltsamen Mischsprache des Riesens im Einzelnen kaum etwas verstand, begriff Oberst Chapejo sehr wohl, dass dieser es auf eine Orts- und Luftveränderung abgesehen hatte, weshalb er ihm auch, kaum dass der andere seinen wirren Vortrag zu Ende gebracht hatte, erklärte, dass er frei sei zu gehen, wohin immer er wolle, da ebenso wenig etwas gegen ihn vorliege, wie es Gründe gebe, die seinen Verbleib in der Kaserne erforderlich machten. Ihr Abschiednehmen beschränkte sich auf einen kräftigen Händedruck, woraufhin der Riese, der sich unversehens als freier Mann sah, das Angebot von Herrn Núñez sofort vergaß, um mit heftig rudernden Armen – und, wie er es seit jeher gewohnt war, ohne alle Habseligkeiten – einen Marsch gen Norden anzutreten, der erst vor seiner heiß ersehnten Hütte ein Ende finden sollte. Es war ein wahrer Marathonmarsch, der viele Tage dauerte und am Strand von Mataró, gegenüber dem Eingang von Herrn Núñez' Zirkuszelt, begann, wo die Spätnachmittagsvorstellung bereits angefangen hatte und der Herr Zirkusdirektor, der auch in der folgenden Nacht wegen seines Traums von dem Stier und dem Riesen keinen Schlaf finden sollte, gerade die Nummer mit den Clowns und den überreizten Ziegen ankündigte, ohne zu ahnen, dass im selben Augenblick nur wenige Meter entfernt die furchteinflößende Gestalt Novembres im Licht der untergehenden Sonne die Flucht antrat.

Novembre Mestre machte sich also auf den Weg und versuchte sich zunächst bis Camprodón durchzufragen, von wo aus er den Rest der Strecke allein bewerkstelligen zu können glaubte. Da er außerhalb seiner heimatlichen Gefilde so gut wie keinen Orientierungssinn besaß, befolgte er sämtliche Hinweise, die man ihm gab, aufs Wort. Und da er es außerdem eilig hatte, nahm er sich niemals die Zeit, auch nur eine Sekunde lang stehen zu bleiben und darüber nachzudenken, was man ihm gerade gesagt hatte, selbst wenn der, den er befragt hatte, sich gar nicht sicher oder seinerseits kaum weniger orientierungslos gewesen war. Unter anderem führte dies einmal dazu, dass man ihm einen verschlungenen und halb zugewucherten Weg wies, der ihn zu einem Dorf brachte, wo er zwei Tage zuvor schon einmal gewesen war, ein Dorf, das so wenige Besonderheiten aufzuweisen hatte, dass der Riese, hätten dessen Bewohner den Rückkehrer nicht so überschwänglich begrüßt und dabei Grimassen geschnitten, es nicht einmal wiedererkannt hätte. Trotzdem fühlte Novembre Mestre sich auf seiner Wanderung offensichtlich wie ein Fisch im Wasser und ging nötigenfalls auch querfeldein, ohne dass irgendetwas seinen beschwingten Lauf und seinen stampfenden Tanzschritt hätte aufhalten können, nicht einmal ein See im Ampurdán-Hochland, schon ganz in der Nähe seiner geliebten Pyrenäenhänge, den er kurzerhand zu Fuß durchquerte: Eine halbe Stunde lang waren von ihm nur der Hals und der Kopf zu sehen, die sich immer noch reichlich schwungvoll vorwärtsbewegten, einem möglichen Betrachter aber vor allem die feierliche Würde ins Gedächtnis gerufen hätten, die Pferde in einer solchen Situation an den Tag legen. Auf seinem Weg nach Norden hinterließ der Riese außerdem bei vielen Leuten einen bleibenden Eindruck. Diese Erinnerungen habe ich Stück für Stück aufgelesen wie jemand, der die kleinen weißen Kugeln einsammelt, die auf einem abgeernteten Baumwollfeld liegen geblieben sind; fündig wurde ich so etwa in Fullabullida, Mataboja und Duaspastanagas: In diesen und noch einigen anderen Dörfern der Umgebung gibt es bis heute unweigerlich den einen oder anderen Alten, der sich noch genau an den Riesen erinnern kann, der viele Jahre zuvor durch seinen Heimatort gestürmt ist. Ich gebe hier nur die Worte eines von ihnen wieder, und zwar die von Ferrán Casademunt aus Fullabullida, der meinem Aufnahmegerät wortwörtlich das Folgende anvertraute: »Zuerst hab ich geglaubt, es kommt ein Pferd ins Dorf geritten, so groß war der Kerl und so schnell ist er angerannt gekommen.« Wovon ich meine Vorstellung von Novembres schwungvoll-tänzelndem Gang abgeleitet habe. Wohingegen meine Annahme, er habe sich mit ungeheurer Geschwindigkeit vorwärtsbewegt, von der Äußerung einer gewissen Evangelina aus dem Ort Mataboja herrührt, welche Alte mir, warum auch immer, ihren Nachnamen nicht verraten wollte; vielleicht hatte sie bloß Angst vor meinem Tonband, das ja auch wirklich ein seltsam ultramodernes Ding ist, ihr jedenfalls war es nicht geheuer: »Wo der langlief, stieg eine Staubwolke zum Himmel auf.«

In La Jonquera angelangt, geriet der Riese für einen Augenblick ins Grübeln. Er wollte schon zwei Damen fragen, welches der kürzeste Weg nach Camprodón sei, doch kaum war er auf sie zugetreten, nahmen die beiden erschrocken Reißaus. Allerdings wohl nicht nur wegen seiner Furcht erregenden Größe; nach so vielen Tagen ununterbrochenen Vorwärtsstürmens unter freiem Himmel trug auch der Rest seiner körperlichen Erscheinung das Seine dazu bei, dass manche Leute bei seinem Anblick schreiend das Weite suchten, ganz besonders der zottige Bart und das sturmzerzauste Haar voller Gräser, Blätter und einem Stück Brombeerranke, an dem zwei reife, blutig schwarzrote Früchte prangten. Angesichts der Flucht der beiden Frauen – und auch der zunehmenden Präsenz der Polizei, je näher er der Grenze kam – schien ihm ein Strategiewechsel angezeigt, weshalb er sich unverzüglich einem offensichtlich weniger furchtsamen Mann näherte und diesen einfach nur fragte, wo, von hier aus gesehen, die Sonne untergehe, um sogleich mit voller Kraft voraus diese Richtung anzusteuern. Auf ging es also in die Berge, das war seine Sache, und da kannte er sich aus, und so wanderte er noch einmal eineinhalb Tage am Stück, bis er endlich vor seiner Hütte stand. Vorher noch machte er, schon ziemlich weit oben in den Pyrenäen, an einem kleinen Tümpel halt, aber nur für ganz kurze Zeit, gerade so lange, dass er sich ein wenig erfrischen und das Gesicht abkühlen konnte. Als er dabei den Blick über die Wasseroberfläche gleiten ließ, merkte er zum ersten Mal, wie heruntergekommen und verwildert er aussah, und fing sogleich an, sein Haar von den Gräsern und Blättern und auch von den Brombeeren zu befreien, die er, nachdem er ein lautes Menschenfresserlachen angestimmt und seine Haare im Bergwind geschüttelt hatte, unter lautem Jubel hinunterschlang, von einer urtümlichen Glückseligkeit erfüllt, die ihn dazu brachte, sich mit den Fäusten vor die Brust zu schlagen und wüste Schreie auszustoßen, bei denen ein Hase erschrocken im Gebüsch verschwand und ein Bergadler nicht weniger eingeschüchtert in den Himmel aufstieg. Solcher Art war das Glück, das die Luft und die Höhe der Berge in Novembres Adern schießen ließen.

Als er schließlich von Weitem seine Hütte erblickte, hatte er zunächst das Gefühl, es habe sich nichts verändert. Das Gebäude selbst wie auch der angrenzende Stall standen unbeschadet aufrecht, wenigstens dem ersten Anschein nach war nichts Auffälliges zu bemerken. Aber trotzdem wusste er natürlich, dass den Tieren etwas zugestoßen sein musste, etwas Schlimmes und Endgültiges, schließlich war er, seiner eigenen Berechnung nach, an die zwei Jahre fort gewesen, so dass die Ziegen im besten Fall in den Besitz eines anderen Hirten übergegangen waren. Angstvoll näherte der Riese sich dem Stall, doch alles, was er zu sehen bekam, waren die Spuren, oder, wenn man so will, die Partitur der Katastrophe – wer wie Novembre diese Reste zu lesen verstand, diese von der Zeit und allen möglichen Tieren fein säuberlich abgenagten Knochen, diesen Haufen wild durcheinanderliegender Gebeine, der wusste, dass die Ziegen, als ihnen der Weg ins Freie versperrt war, irgendwann angefangen hatten, sich gegenseitig aufzufressen. Ebenso gut möglich war allerdings auch, dass es einem Raubtier, einem Bären oder einem Wolf, gelungen war, in den Stall einzudringen, um sich anschließend systematisch und in aller Ruhe über seine Opfer herzumachen. Wie auch immer, alles, was Novembre vorfand, war diese Ansammlung über den Stallboden verstreuter, blank polierter Knochen. So glatt und weiß, wie sie sich präsentierten, von allen Fleisch- und Blutresten – von allem Leben – befreit, schienen sie jede Erinnerung an das grauenvolle Ereignis, dem sich ihr jetziger Zustand verdankte, ausschließen zu wollen.

8

Bekannt ist, dass Oriol wieder einmal im Wald auf der Lauer lag, zweifellos in der Hoffnung, schon bald eine weitere dieser schutzlosen Familien vor sich zu haben, die aus Frankreich zu fliehen versuchten. Da zischelte es unversehens neben ihm im Gebüsch, etwas bewegte sich, wieselflink, so als wäre irgendein Wesen beinahe mit ihm zusammengestoßen, im letzten Augenblick allerdings wich es gerade noch aus und sprang zur Seite. Alles ging so schnell, dass Oriol keine Zeit blieb, um in Deckung zu gehen, ja nicht einmal um zu erschrecken, geschweige denn dem zu erwartenden Schlag, Biss, Prankenhieb zuvorzukommen. Etwas sah er allerdings doch, für den Bruchteil einer Sekunde erkannte er einige durch die Luft schwingende Kleider, eine Haarsträhne, einen sich davonmachenden Oberschenkel, den Umriss eines Waldwesens, der Größe nach zu urteilen höchstwahrscheinlich ein Kind. Oriol reagierte nicht sofort, begriff aber rasch, dass dieses Wesen womöglich die Gelegenheit verkörperte, auf die er gewartet hatte, weshalb er sich nun, so schnell er konnte, an die Verfolgung machte. Wie man einer Spur nachgeht wusste er inzwischen, während der Zeit, die er unter dem Schutz des Riesen im Wald zugebracht hatte, hatte er nicht nur gelernt, wie man anderen auflauerte, sondern auch, wie man die Nase und den Verstand einsetzte, um anhand winziger

Anzeichen eine Fährte aufzunehmen, sei es ein niedergetretenes Büschel Gras, ein abgeknickter Zweig, ein Haar, das an der Rinde eines Baums hängen geblieben war. Genau besehen nahm Oriol die ganze Zeit Fährten auf, die Fährten wehrloser Familien auf der Flucht, die Fährten der Leute, die in der Hütte zu Gast gewesen waren, die Fährten des Riesen, seines Kommens und Gehens, wenigstens so lange, bis dieser nach Spanien verschleppt worden war. Diese Fährten gaben ihrerseits Oriol die Richtung vor und sorgten dafür, dass er in einem fort keuchend hinter jemandem herlief, sich wie ein Raubtier umherbewegte, immer abhängig davon, wem es gerade auflauert, was es riecht, welche mögliche Beute es wahrnimmt. So wie ich Jahrzehnte später, in ferner Zukunft, in ebendiesem Wald seine Fährte zurückverfolgen sollte, um anschließend, kein bisschen weniger hektisch und aufgeregt, Seite um Seite vollzuschreiben und zuletzt nichts als die Spur von Oriols Spuren vor mir zu haben. So schnell er konnte, machte Oriol sich also an die Verfolgung des kleinen Wesens, immer wieder stolpernd, aber auch die Krücke immer wieder geschickt in die Zwischenräume setzend, die halbwegs frei von Pflanzenbewuchs waren. Der Wald war hier noch dichter, ständig versperrten tief hängende Zweige den Weg, abgesehen davon, dass auch an diesem Tag wieder ein zäher Nebel bis auf den Boden herabgesunken war, der sich hinter dem in Windeseile immer tiefer in den Wald eindringenden Kind erst nach einer Weile wieder schloss. Oriol setzte ihm nach, ohne sich bewusst zu sein, dass diese Verfolgung seinen endgültigen Untergang einleitete.

Darauf bedacht, im undurchdringlichen Nebel nicht die Orientierung zu verlieren, war er erfüllt von einer wilden Entschlossenheit, die so gar nicht mit seiner sonst so wenig leidenschaftlichen, eher auf Anpassung bedachten Art in Einklang zu bringen war. Jedes Mal wenn Oriol seine Beute aus den Augen verloren hatte und stehen blieb, um keuchend und schwitzend in den Nebel zu starren und die Ohren zu spitzen, damit er herausfinden konnte, in welche Richtung er weiterlaufen sollte, rannte der oder die Kleine so nahe an ihm vorbei, dass Oriol eigentlich nur den Arm hätte auszustrecken brauchen, um ihn oder sie an der Kleidung oder den Haaren zu packen. Den Aussagen nach, die ich in den Akten fand, war das Ganze im Grunde genommen ein Spiel, ein kindlicher Zeitvertreib. Oriol sah das freilich anders, er war, ganz Raubtier, auf Beute aus und musste sein Letztes hergeben, um mit seinem einen Bein und der Krücke inmitten des dichten Gestrüpps Schritt zu halten, jeder Gedanke an ein Spiel schied bei diesem Wettlauf ins Herz des Waldes von vornherein aus. Doch oberflächlich betrachtet war hier tatsächlich ein Kind dabei, sich auf Kosten eines fußlahmen Alten zu vergnügen; ein zugleich naives und ahnungsloses Kind, wie es sich da von Mal zu Mal mehr mit einem Mann einließ, der vor kaum etwas zurückschreckte. Irgendwann jedoch brach das Kind das Spiel einfach ab, es ließ sich nicht mehr sehen und hörte auf, sich so gefährlich in Reichweite dieses Alten zu begeben, der zudem bewaffnet war. In einer Zeit, zu der ringsherum Krieg herrschte, war anscheinend auch dem Kind diese Tatsche irgendwann in den Sinn gekommen, und es hörte auf, den anderen zu reizen und das Schicksal herauszufordern, das sich nur zu oft als stur, verblendet und unaufhaltsam erweist. Oriol blieb folglich stehen und musste feststellen, dass er mitten im Wald von dichtem Nebel eingeschlossen war, in einem Raum, in dem es weder Geräusche noch Farben gab. Plötzlich war da auch kein Kind mehr, dem man hinterherlaufen konnte, was ihm immer noch das Gefühl vermittelt haben mochte, nicht mehr allein zu sein, das Leben mit anderen teilen, mit ihnen in Verbindung treten zu können. Hinter wem auch immer er herlief, er schützte sich so vor sich selbst, vor der Tatsache, ein einsamer, alternder, lahmer Mann zu sein, der anderen im Wald auflauert, nachschnüffelt, hinterherschleicht. Da stand Oriol also, unfähig, die Spur des Kindes wiederaufzunehmen, und es blieb ihm zuletzt nichts anderes übrig, als kehrtzumachen und zur Hütte zurückzugehen.

Schon wenige Tage später lag er erneut auf der Lauer. Und wieder lief plötzlich das Wesen an ihm vorbei, wieder sah er es im Gebüsch umherspringen, sah eine Schulter, einen Schuh, das Flattern eines Umhangs, mit dem es sich vor der Kälte schützte, und beobachtete gleich darauf, wie es leise zischelnd in der Tiefe des Waldes verschwand und dabei eine Spur zurückließ, oder vielmehr einen Durchlass, der sich verführerisch im dichten Nebel auftat. Und wieder ließ Oriol sich verführen. Rasch packte er Krücke und Gewehr und lief hinter der vermeintlichen Beute her – oder auch in deren Schlepptau, jederzeit dem Willen eines Kindes ausgeliefert, das nach Lust und Laune sein Spiel mit ihm trieb. Nach einer Aussage Oriols, die ich in einer der Akten gelesen habe, wiederholte sich diese Szene mehrfach, bis er, wie er selbst einräumt, geradezu einen Narren an dem oder der Kleinen gefressen hatte. Eines Tages nun hatte er bereits alle üblichen Stationen des Spiels hinter sich gebracht – einen Ellbogen, einen Oberschenkel, eine Haarsträhne, die ihn wie ein Peitschenhieb traf –, da führte ihn das Kind, sei es absichtlich, sei es aus Versehen, bis zu sich nach Hause. Obgleich es ebenso gut sein kann, dass Oriol damals, wie er ebenfalls in seiner Aussage behauptet, die ich einmal und dann gleich noch einmal in fieberhafter Aufregung – und danach noch viele Male zutiefst niedergeschlagen – gelesen habe, obgleich Oriol also vielleicht auch einfach nur von seinem Orientierungssinn und seinen scharfen Augen und seiner guten Nase, kurz: von seinem Jagdinstinkt dorthin geleitet worden ist. Wie auch immer, eines Tages stieß Oriol jedenfalls mitten im Wald auf ein Haus. Und vor ebendiesem Haus war das Wesen, hinter dem er schon seit Wochen her war, damit beschäftigt, mit fast schon übertriebener Sorgfalt einen Holzstoß aufzuschichten. Offenbar hatte es den ganzen Vormittag Brennholz gesammelt, und den krönenden Abschluss seiner Anstrengung, die es sichtlich mit Stolz erfüllte, bildete nun die Errichtung eines nahezu vollkommen rechteckigen Stapels. Wie Oriol von dort, wo er stand, deutlich erkennen konnte, handelte es sich bei dem Wesen aus dem Wald um ein Mädchen – dem sich unversehens ein zweites Mädchen näherte, das dem ersten fast aufs Haar glich. Das zweite Mädchen trug noch mehr

Holz herbei, ließ es aber neben dem so sorgfältig errichteten Stapel der anderen achtlos zu Boden fallen, was einen Streit zwischen beiden hervorrief, der nach einem kurzen Austausch von Vorwürfen ein Ende fand, als die andere in den Wald zurückkehrte, wahrscheinlich um sich erneut auf die Suche nach geeignetem Brennmaterial zu machen. Welche der beiden diejenige war, die ihn schon so oft verleitet hatte, sie zu verfolgen, hätte Oriol nicht sagen können; er wusste ohnehin nicht, wie er die beiden Mädchen voneinander unterscheiden sollte, und ebenso wenig wusste er – was ihn schließlich restlos verwirrte –, wo genau er sich in diesem Augenblick überhaupt befand. Nirgendwo war der Wald so dicht wie hier, dadurch verschwand jeder mögliche Bezugspunkt, nur um das Häuschen selbst herum hatte die üppige Vegetation eine Art Hohlraum entstehen lassen. Darüber hinaus war Oriol noch nie in diesem Teil des Gebirges gewesen, und auch der Riese war stets nur ungern in dieser Gegend unterwegs gewesen. Für die beiden Mädchen hingegen stellte sie die ideale Umgebung dar. Sie glitten förmlich zwischen den Bäumen hindurch und boten sich im einen Augenblick den Augen des müden Alten dar, um sich schon im nächsten Moment wie Waldgeister in Luft aufzulösen, mit den Zweigen und dem Blattwerk zu verschmelzen, mit der Vegetation eins zu werden. Auch wenn es sich in Wirklichkeit, wie in den Akten nachzulesen ist, um zwei Mädchen aus Fleisch und Blut handelte, ziehe ich die Vorstellung vor, sie seien ein Teil des Waldes gewesen, Geister, in denen die Naturkräfte Gestalt angenommen hatten, um uns daran zu erinnern, dass auch wir nur Teile eines größeren Ganzen sind oder vielmehr Teil und Gesamtheit in einem. Was genau Oriol in ihnen gesehen haben mag, weiß ich nicht, besonders wohlwollend kann er sie jedenfalls nicht betrachtet haben, sonst hätte er sich wohl kaum, so wie er es nun tat, in die Büsche geschlagen, um sie erst einmal aus dem Verborgenen heraus zu belauern und auf eine günstige Gelegenheit, wozu auch immer, zu warten. In dieser Hinsicht ist auch der Inhalt der Vernehmungsakte wenig hilfreich, auf die Frage: »Wieso haben Sie sich versteckt, um die beiden Mädchen zu beobachten?«, antwortet Oriol mit ziemlich zweideutigen Begründungen. Zuerst sagt er: »Es ist doch nicht verboten, im Wald andere Leute zu beobachten«, um dann hinzuzufügen: »Man kann doch jemandem, der von einem anderen ausgespäht worden ist, kaum vorwerfen, dass er mit ihm dann dasselbe tut.« Höchstwahrscheinlich wollte Oriol so zumindest einige der Begründungen für seine Verurteilung, die er schon kommen sah, aus der Welt schaffen. Aber was auch immer er gedacht haben mag, irgendwann kam er trotz allem aus seinem Versteck hervor und näherte sich dem Haus wie einer, der nur ein wenig persönlichen Austausch im Sinn hat; dabei setzte er sein freundlichstes Gesicht auf, das vermutlich dennoch einen scharfen Gegensatz zu der Waffe, der Krücke und seiner verwahrlosten Erscheinung gebildet haben muss. Bei seinem Anblick ließ das Mädchen jedenfalls schlagartig von ihrem geliebten Holzhaufen ab und rannte in das Häuschen. Das muss Oriol einigermaßen verunsichert haben, schließlich dürfte er sich in einem fernen Winkel seiner

Persönlichkeit immer noch als Pianist aus guter Barceloneser Familie gefühlt haben, der es nicht gewohnt war, dass kleine Mädchen bei seinem Anblick einen Schreck bekamen. Soll heißen: Auch wenn der Wegelagerer Oriol im Lauf der im Wald zugebrachten Jahre tatsächlich viel von einem Tier angenommen hatte, muss ihm die Flucht der Kleinen doch auf einen Schlag klargemacht haben, in was für ein Ungeheuer er sich mittlerweile verwandelt hatte. Dass die Familien, die er mit dem Gewehr bedrohte und schreiend zur Herausgabe ihrer Wertsachen aufforderte, Angst vor ihm hatten, hieß doch noch lange nicht, dass es ihm mit diesem Kind, auf dessen Freundschaft und Mitgefühl er es, aus welchem Grund auch immer, abgesehen hatte, genauso gehen musste. Die Reaktion verunsicherte ihn jedoch nicht nur, sondern, wie sich seiner Aussage entnehmen lässt, sie rief zugleich einen leisen Unwillen in ihm hervor, ja nachgerade Wut und Groll, weil dieses Mädchen jemanden in ihm sah, der ihm selbst keineswegs behagte. Schließlich stellten die von ihm begangenen heimtückischen Überfälle sich ihm selbst als verzweifelte Versuche dar, angesichts seines »schwierigen Exilantendaseins in den Bergen eine gewisse Geldsumme zusammenzubekommen«, um später »irgendwo in Frankreich mein Leben und meinen Beruf wiederaufnehmen zu können«. Machiavelli hätte es kaum besser formulieren können, auch wenn dies dem Mädchen, das soeben Reißaus vor ihm genommen hatte, kaum eingeleuchtet haben dürfte, sah sie in ihm doch wahrscheinlich nichts anderes als einen einbeinigen Landstreicher, der sich über sie hermachen wollte.

Während Oriol noch ganz mit seiner Verunsicherung und der in ihm aufsteigenden Wut beschäftigt war, kehrte zu allem Überfluss das andere Mädchen aus dem Wald zurück, vielleicht genau das, das während der vergangenen Tage sein Spiel mit ihm getrieben hatte. Im Arm trug sie einen Stapel Brennholz, und so stieß sie nun buchstäblich mit Oriol zusammen, und bei dem Aufprall ließ sie die gesammelten Zweige fallen, während Oriol das Gleichgewicht verlor und unglücklich auf ebendiese stürzte. Zwischen der Flucht der einen und dem unerwarteten Auftauchen der anderen waren kaum ein paar Sekunden verstrichen, Oriol hatte jedenfalls keine Zeit gehabt, um seine Verwirrung und den gefährlichen Anflug von Wut, den er empfand, zu verarbeiten. Und so – vielleicht vor Aufregung, vielleicht auch, weil er es nicht ertragen hätte, wenn das zweite Mädchen ebenfalls hastig vor ihm geflohen wäre –, so fuhr er also, auf dem Boden liegend oder vielmehr höchst unbequem zwischen den Zweigen ausgestreckt, einen Arm aus und erwischte das Mädchen, das vor Schreck und Überraschung noch immer wie gelähmt war, am Bein. Mit dieser unwillkürlichen Bewegung, mit diesem völlig unangemessenen und verrückten Griff überquerte Oriol die Linie, die ihn vom Abgrund trennte, seine schmutzige Hand mit den langen schwarzen Fingernägeln, die den weißen Schenkel des Mädchens umklammerte, war der Beweis, dass er nicht mehr der war, der er zu sein glaubte, sondern der, als den die Mädchen ihn gesehen hatten, eine üble Gestalt, ein Raubtier, vor dem man unbedingt die Flucht ergreifen, dessen Pranke man sich um jeden Preis entwinden musste. Das Mädchen fing an zu schreien und wehrte sich heftig; mit aller Kraft versuchte es sich aus dem Griff der groben, schmutzigen Hand zu befreien, die ihren Schenkel wie eine zugeschnappte Falle umfasst hielt. Auf das Geschrei der Kleinen und das laute Keuchen des Mannes hin kam die Schwester aus dem Haus gelaufen. Sogleich ergriff sie einen dicken Prügel und schlug Oriol damit auf den Rücken, allerdings weder besonders fest noch übermäßig entschlossen, im Gegenteil so kraftlos, dass er ihr seinerseits einen Schlag mit der Krücke versetzen konnte, die er weiterhin in der anderen Hand hielt. Das Gewehr lag derweil zwischen den Ästen, was jedoch keinem der Mädchen aufgefallen war. Von der Krücke getroffen, fiel das eine Mädchen zu Boden, während die Lage des anderen sich noch verschlimmerte, denn es gelang Oriol, so lahm und zerschlagen er war, sich nach und nach hochzurappeln. Dabei redete er auf Französisch auf sie ein: »Keine Angst«, »Ich tu dir nichts« und dergleichen unsinnige Sätze mehr, die ich in der Akte gefunden habe und die das Mädchen nur dazu brachten, umso lauter zu schreien und noch heftigeren Widerstand zu leisten. Allerdings wurde dem Mädchen angesichts der mühsamen Versuche des Ungeheuers, sich aufzurichten und dabei weiterhin mit seiner schmutzigen Hand ihren Schenkel zu umklammern – was kein einfaches Unterfangen war, wenn man bedenkt, dass Oriol ein Bein fehlte und er in der anderen Hand immer noch die Krücke hielt –, irgendwann klar, dass ihr Gegner in einem bestimmten Moment statt ihres Schenkels ihren Arm oder auch ihren

Hals würde umfassen müssen, welchen Umstand sie sich ihrerseits zunutze machte: Sobald sie nämlich spürte, dass sich der Griff ein wenig lockerte, befreite sie sich mit einem heftigen Ruck und lief davon, in den Wald hinein. Zu diesem Zeitpunkt war Oriol längst »das rasende Tier«, von dem das eine der Mädchen spricht, dessen Aussage ebenfalls in der Akte enthalten ist. Beide Arme auf die Krücke stützend und das verbliebene Bein mit Macht vorwärtsschleudernd, drang auch er, immer hinter seiner Beute her, in den nebelverhangenen Wald ein, um, sosehr es ihm widerstrebte, ihr ursprüngliches Spiel wiederaufzunehmen, bei dem die Mädchen ihm überlegen waren. Immer wieder stieß er mit voller Wucht gegen Äste oder Stämme, während das Mädchen mit immer größerer Furcht vor ihm davonrannte, Furcht allerdings weniger vor dem Einbeinigen, der sie verfolgte – der war schließlich viel langsamer und längst nicht so wendig wie sie –, als vielmehr vor der schmutzigen Hand, die sie umklammert hatte. Der schwarze Fleck, der an ihrem Oberschenkel zurückgeblieben war, wanderte derweil ihre Hüfte hinauf, über ihre Brüste und weiter an ihrem Hals entlang bis in ihr Gesicht, von wo aus er sich für allezeit ihrem Gedächtnis einprägte, so dass dieses Mädchen, das doch eigentlich ein Waldgeist war, buchstäblich *immer weiter fliehen* sollte, bis es ihm irgendwann gelang, all dies, diesen Fleck, diesen Wald, diese Berge, diesen Teil Frankreichs, der ihr, Oriol sei es gedankt, für immer verhasst blieb, endgültig hinter sich zu lassen. Immer weiter sollte sie fliehen, bis sie sich zehn Jahre später in einer großen Stadt niedergelassen hatte, in einer Wohnung mit Blick auf einen Innenhof, weit weg von dem Untier aus dem Wald. Der Wald allerdings hatte damals, während der Verfolgung durch Oriol, über sie gewacht, die Flucht seines kleinen Schützlings begünstigt, sie uneinholbar gemacht und zuletzt in Sicherheit gebracht, als der Einbeinige nämlich, keuchend und mit den Kräften fast am Ende, einsehen musste, dass dieses Kind wieder einmal seinen Spaß mit ihm trieb. Wütend drehte er daraufhin um und kehrte zum Haus zurück, wo er das andere Kind hatte liegen lassen. Hoffnung, es dort noch vorzufinden, machte er sich nicht, aller Wahrscheinlichkeit nach war auch dieses Mädchen längst davongelaufen, und dennoch war er fest entschlossen, den Wald nötigenfalls bis zum hintersten Winkel zu durchstöbern, nur um erneut die schmutzige Pranke um einen zarten weißen Oberschenkel schließen zu können. Den Blick vom Zorn vernebelt und Mund und Bart voller Schaum, dazu mit einem blutigen Kratzer quer über eine Wange, stand er irgendwann wieder vor der Hütte, um festzustellen – er war so überrascht, dass er fast gelächelt hätte –, dass das andere Mädchen immer noch an derselben Stelle lag wie zuvor, sie war nicht geflohen, ja nicht einmal aufgestanden, dafür schien sie leise zu weinen, woraufhin Oriol sie, aus Angst, sie könnte ihm doch noch entwischen, fest am Arm packte. Allerdings ließ er gleich darauf wieder los, denn dieser Körper leistete nicht den geringsten Widerstand. Von panischem Schrecken erfüllt, löste Oriol also den Griff, alle Wut war auf einmal verflogen; er sank zu Boden und drehte den vor ihm liegenden Körper um. Entsetzt sah er, dass sich das Mädchen hinter dem linken Ohr eine tödliche Verletzung zugezogen hatte – als es zu Boden gestürzt war, war es an dieser Stelle auf einen Stein aufgeschlagen, das blutverklebte Haar, der offensichtlich gebrochene Schädel, die verschleiert blickenden Augen, all das verriet, dass es tot war. Oriols erster Gedanke war Flucht, den Leichnam einfach dort zurücklassen, doch sogleich überlegte er es sich anders. Allerdings nicht, weil ihm die Idee unanständig vorgekommen wäre; er hätte auf diese Weise bloß einen schweren Fehler begangen, schließlich hatte das andere Mädchen gesehen, wie er ihrer Schwester mit der Krücke einen Schlag versetzte, und die Polizei, die schon seit Monaten wusste, dass er sich in dieser Gegend aufhielt, hätte ihn sofort aufgespürt. Die Leiche zu verstecken half auch nicht weiter, allerdings verschaffte er sich dadurch einen gewissen Spielraum, wenigstens solange die Leute glaubten, die Kleine könne sich irgendwo verlaufen haben. (Verlaufen? Dieses Mädchen, der personifizierte Geist des Waldes?) Schwer vorzustellen, dass irgendjemand eine solche Geschichte geschluckt hätte, und doch legte Oriol es sich so zurecht, und so steht es auch in der Akte. Der Versuch, Zeit zu gewinnen, war nun einmal das Einzige, was ihm übrig blieb, weshalb er als Erstes das Gewehr aufhob, das immer noch inmitten der Äste lag, und es sich quer über den Rücken hängte, um sich anschließend, mithilfe der Krücke mühsam das Gleichgewicht haltend, das Mädchen aufzuladen. Er muss eine erbärmliche Figur abgegeben haben, während er sich den Körper der Kleinen auf der Schulter zurechtrückte, der Kopf und die Beine müssen auf jeweils einer Seite herabgehangen haben, während die weißen Oberschenkel, an die Oriol keinen Gedanken mehr verschwendete, auf fast unanständige Weise sichtbar gewesen sein müssen. »Ich habe sie mir wie einen Sack auf die Schulter gehievt«, sagte mein Großonkel aus – genau so hatte es seinerzeit auch der Riese mit ihm gemacht, in der Nacht, als er ihn an dem Pyrenäenhang vor dem Tod bewahrte. Was sich Oriol in diesem Augenblick natürlich nicht klarmachte; ich dagegen kann gar nicht anders, als auf diese makabre Übereinstimmung hinzuweisen. So, sich mithilfe der Krücke und seines verbliebenen Beins mühsam aufrecht haltend, betrat Oriol nun den Wald, wo er sich gen Westen hielt, in Richtung Lamanère und der Hütte des Riesen, die mittlerweile – seit die Guardia Civil den Riesen verschleppt hatte – in seinen Besitz übergegangen war. Der Weg bis zu der Höhle, wo er den Leichnam der Kleinen verstecken wollte, bis er wüsste, wie er weiter verfahren würde, war, Oriols eigener Aussage nach, »eine echte Qual«, in körperlicher, aber, wie er wörtlich sagt, auch in »moralischer« Hinsicht. Anschließend beschreibt er seine Gedanken, während er sich mit dem Leichnam abschleppte, die »unerträgliche« Reue, die er empfunden habe, »die schwerer wog als der tote Körper auf meiner Schulter«, eine wenig glaubwürdige Schilderung, die frömmelnd und selbstmitleidig daherkommt. Ich las sie im Polizeiarchiv von Serralongue, in einem düsteren, feuchten, fensterlosen Zimmer auf der Kante eines Plastikstuhls sitzend, und empfand immer stärkeren Ekel und Widerwillen, die von meiner Magengrube bis in die Mundhöhle und von dort in mein Gedächtnis stiegen, ähnlich dem schwarzen Fleck, den Oriol auf dem Oberschenkel des anderen Mädchens hinterlassen hatte, ein Gefühl, in das sich Trauer und Scham darüber mischten, dass dieses Raubtier und ich derselben Familie angehören. Ich konnte nicht mehr weiterlesen und ging hinaus ins Freie, um tief durchzuatmen und eine Weile ziellos durch die Umgebung des Ortes zu streifen, bis mir klar wurde, dass die einzige Möglichkeit, diesem Fleck ein anderes Aussehen, eine neue Textur zu geben – dem Fleck auf mir wie auf dem Schenkel des Mädchens –, darin bestand, diese Seiten hier zu schreiben. Als ich mich eine Stunde später so weit wiederhergestellt fühlte, dass ich in das düstere Zimmer zurückkehren konnte, wo ich den Ordner mit den Akten zu dem Fall des »Républicain« – wie die Polizei Oriol zu allem Überfluss getauft hatte – aufgeschlagen auf dem Stuhl hatte liegen lassen, fiel mir plötzlich auf, welch kapriziöse Kreisbewegung Oriols Leben während dieser Zeit vollzogen hat – während einer Zeit, die bis vor Kurzem gar nicht existierte, weil wir unseren Großonkel jahrzehntelang für tot erklärt hatten: Als Oriol sich durch den Wald schleppte und sich hemmungslos seinen trostlosen Überlegungen hingab, trug er die Kleine, wie ich bereits gesagt habe, genau so über der Schulter, wie ihn der Riese in der Nacht, in der er ihm das Leben rettete, getragen hatte; aber Oriol schleppte nicht zum ersten Mal eine Leiche mit sich herum – das hatte er bereits im Februar 1939 mit Manolo gemacht, jenem spanischen Soldaten, den er damals fast bis über den Berg nach Frankreich getragen hätte. Laut der Akte gelangte Oriol zwei Stunden später zu der Höhle, wo er die Leiche verstecken wollte. Deren Zugang war passenderweise durch einige Büsche verborgen. Unterwegs war Oriol mehrfach hingefallen, und zusammen mit ihm der Körper der Kleinen; einmal waren sie sogar ein ganzes Stück den Hang hinabgerutscht. »Haben Sie nicht daran gedacht, was die Tiere mit der Leiche anstellen würden?«, fragt in der Akte der Polizeibeamte, der ihn verhörte. »Ich wollte sie ja nicht für immer dort lassen«, entgegnet Oriol. »Was hatten Sie denn vor?«, hakt der Beamte nach. »Ich wollte mich erst einmal ein wenig erholen, in der Hütte, und in Ruhe über alles nachdenken.« – »Darüber, ob Sie sich der Polizei stellen und Ihre Tat gestehen?«, bedrängt der andere ihn weiter, worauf Oriol antwortet: »Kann sein, ja, das war eine Möglichkeit.« – »Und welche gab es noch?«, fragt der Beamte. »Ich weiß es nicht. Ich sage Ihnen doch, ich war vollkommen durcheinander. Ich brauchte erst einmal Zeit zum Nachdenken.« Oriol legte den Leichnam also in die Höhle und machte sich dann auf zur Hütte, die, bei seiner Marschgeschwindigkeit, ungefähr eine halbe Stunde entfernt war. Dort angekommen, entzündete er ein Feuer im Kamin und ließ sich davor nieder, um nachzudenken. »Ein paarmal habe ich überlegt, ob ich mich nicht umbringen soll, einmal habe ich mir sogar den Gewehrlauf in den Mund geschoben«, sagte Oriol laut der Akte. Zuletzt beschloss er jedoch weiterzuleben, die Dinge ihren Lauf nehmen zu lassen und sich seinem Schicksal auszuliefern, das sich früh am nächsten Morgen in Gestalt zweier Polizisten und der Mutter der Kleinen bei ihm einstellen sollte. Die drei sahen ihn erwartungsvoll an, schließlich waren sie sich so gut wie sicher, denjenigen vor sich zu haben, der für das Verschwinden des Mädchens verantwortlich war. Doch schon nach der ersten Antwort des Verdächtigen begriffen die Beamten, dass Oriol, der bei der örtlichen Polizei kein Unbekannter war, es ihnen nicht einfach machen würde. Seine Überlegungen vor dem Kaminfeuer waren in den Entschluss gemündet, alles abzustreiten, »so konnte ich Zeit gewinnen«, wie er seelenruhig erklärt, als wäre in diesem abgedroschenen Satz nicht die Leiche eines Mädchens begraben. »Ich weiß nicht, wovon Sie reden«, sagte er laut der Akte immer wieder – laut der Akte, die von nun an durch die Aussagen der Polizisten eine neue Gestalt annimmt und gewissermaßen, wenn man so sagen darf, »vielstimmig« wird. Der hartnäckig wiederholte Satz »Ich weiß nicht, wovon Sie reden«, lässt Oriol in meinen Augen allerdings nur noch tiefer sinken, schließlich spricht da nicht mehr ein Mensch, der entsetzt ist, weil er unbeabsichtigt jemanden getötet hat, und sich entsprechend ungeschickt verhält, sondern ein Mörder, der in schwieriger Lage ruhig Blut bewahrt und lügt, »um Zeit zu gewinnen«. Auch der Mutter des Mädchens, die im Rücken der Polizisten stehen geblieben war und Oriol von dort aus anstarrte, war schon sehr bald klar, dass dieser bei der Suche nach ihrer Tochter nicht helfen würde. Dabei war sie sicher, dass er hinter deren Verschwinden steckte. Hier in diesem Wald, der eine Welt für sich darstellte, in der ihr keine noch so geringe Veränderung entging, kam außer diesem Mann niemand in Frage, so hartnäckig er auch alles abstritt. Irgendwann konnte sie sich deshalb nicht mehr beherrschen und unterbrach das Verhör, das sowieso nirgendwohin führte, baute sich vor Oriol auf und sagte ihm auf den Kopf zu, dass sie keinen Zweifel daran habe, dass er der Schuldige sei, weshalb er, sofern er »auch nur einen Funken Anstand im Leib« habe, endlich sagen solle, was mit ihrer Tochter geschehen sei. Als Oriol draufhin bloß weiter wortlos ins Feuer starrte, fasste sie ihn mit einer Hand am Kinn und sagte: »Sieh mich an! Weißt du nicht, wer ich bin?« Oriol nahm verwirrt den Hass wahr, der auf dem Grund ihrer hellen Augen loderte. »Hier in dieser Hütte habe ich dir das Bein abgenommen und dein Leben gerettet.« Kaum hatte ich das gelesen, musste ich – wie schon zuvor und wie auch später noch bei der Lektüre dieser Akten – die Papiere zur Seite legen und hinausgehen, um an der frischen Luft tief durchzuatmen und meine neuen Erkenntnisse zu verdauen – seit der Begegnung mit Isolda waren nur wenige Wochen vergangen, ihr berechtigter Hass, ihre Wut und Verstörtheit, die Art, wie sie mich angesehen und vor mir zu Stein erstarrt war, meine daraufhin erfolgte Flucht, all das war auf einmal wieder vollkommen gegenwärtig. Auf diese Episode geht die Akte jedoch nicht ausführlicher ein, gleich anschließend vermeldet sie vielmehr Oriols Festnahme. Was macht eine Mutter in einem solchen Augenblick? Spuckt sie ihrem Gegenüber ins Gesicht, sticht sie ihm die Augen aus, schleudert sie ihm einen schrecklichen Fluch entgegen? Ich wünschte, die Frau hätte meinem

Großonkel in diesem Augenblick etwas angetan – etwas so Schwerwiegendes, dass der Verfasser der Akte es lieber unerwähnt ließ, um Isolda nicht in Gefahr zu bringen, aber auch, damit im Fall der Fälle dem Angeklagten deshalb keine mildernden Umstände eingeräumt würden. Obwohl Oriol also alle Vorwürfe abstritt, legten die Polizisten ihm Handschellen an und brachten ihn, das erste Stück zu Fuß, später auf dem Rücken eines Pferdes, zur Dienststelle in Serralongue, wo sie ihn einem vorschriftsgemäßen Verhör unterziehen und nötigenfalls gehörig unter Druck setzen wollten. Wie sich ebenfalls den Akten entnehmen lässt, verlief bei dieser Verhaftung tatsächlich bei Weitem nicht alles so, wie es korrekt gewesen wäre. Die Frage ist nur, ob dies im Fall von jemandem eine Rolle spielt, der so offensichtlich der Schuldige war und dem gegenüber sich die Polizei ohnehin schon einmal viel zu nachsichtig gezeigt hatte, als sie ihn mehrere Monate davor bei anderer Gelegenheit straflos hatte abziehen lassen; wie sich auch die Frage stellt, ob man für diese so unruhige Zeit überhaupt so genau zwischen korrekt und nicht korrekt unterscheiden kann – ganz davon abgesehen, dass man fragen könnte, ob es angesichts eines derartigen Verbrechens tatsächlich angemessen ist, auf solchen Nebensächlichkeiten herumzureiten. Wie dem auch sei, laut Akte wurde Oriol während der folgenden zwei Tage einem strengen Verhör unterzogen, dessen Schilderung zweihundertfünfundsechzig Seiten füllt, die in einem Anhang zur Hauptakte enthalten sind. Dieses Verhör bestand im Wesentlichen aus der hartnäckigen Wiederholung von vier oder fünf immer gleichen Fragen, auf die mit ebensolcher Hartnäckigkeit die immer gleichen Antworten folgten: »Ich habe nichts gemacht.« – »Ich war es nicht.« – »Ich habe meine Heimat verloren und meine Frau und dazu noch ein Bein – als ob das nicht reichen würde.« All das aus dem Mund eines Mannes, der, immer laut Akte, so gleichgültig tat, so wenig an dem, wozu er befragt wurde, interessiert war, dass er im nächsten Augenblick einzuschlafen schien. »Aus diesem Grund«, erklärt der zuständige Beamte, »sahen wir uns gezwungen, erfolgversprechendere Befragungsmethoden anzuwenden.« Woraus man wohl ableiten darf, dass Oriol durchaus den einen oder anderen Schubser oder Schlag einstecken musste, ja, dass man vielleicht sogar seinen Kopf in einen Eimer voll Wasser oder eine mit Exkrementen gefüllte Toilettenschüssel tauchte, bis er fast erstickte, um ihm anschließend höflich nahzulegen, jetzt doch bitte ein Geständnis abzulegen. Aber was auch immer sie damals mit meinem Großonkel, diesem Schwein, angestellt haben mögen, für meinen Geschmack ist es allemal zu wenig. Jedenfalls war man so nach zwei Tagen im Besitz eines eigenhändig unterzeichneten Geständnisses, auf einem schäbigen Papier, das kaum weniger verdreckt war als der Brief, den die Landstreicherin mir in Argèles-sur-Mer in die Hand gedrückt hatte. Ich las es wiederum in dem düsteren, feuchten Zimmer im Polizeiarchiv von Serralongue, zutiefst verstört angesichts des Widerspruchs zwischen dem Mann, der dieses Geständnis abgelegt hatte, und dem Großonkel, den wir uns jahrelang auf La Portuguesa, dieser katalanischen Kaffeeplantage im Süden

Mexikos, als gefeierten Klaviervirtuosen vorgestellt hatten, bis wir dieses schöne Bild irgendwann durch das eines Mannes hatten ersetzen müssen, der im Februar 1939 an einem verschneiten Pyrenäenabhang gestorben war – weder das eine noch das andere hatte jedoch auch nur im Geringsten der Wirklichkeit entsprochen. Während mein Großvater Arcadi den glorreichen Augenblick erwartete, in dem er wieder seinem verschollenen Bruder gegenüberstünde, hatte der Mann, dessen musikalisches Können vermeintlich in ganz Amerika bejubelt wurde, mitten in den Pyrenäen wehrlose jüdische Familien überfallen, aber nicht nur das, er hatte auch ein kleines Mädchen getötet und die Leiche drei Tage lang versteckt gehalten. Mit der Akte in meinen zitternden Händen auf dem Plastikstuhl sitzend, fragte ich mich, ob es wirklich der Mühe wert gewesen war, all das herauszufinden, oder ob es nicht besser gewesen wäre, die Vergangenheit ruhen zu lassen und mich stattdessen an die sehr viel bekömmlichere Geschichte vom unbefleckten Tod meines Großonkels im Februar 1939 zu halten.

Sobald er das Geständnis unterschrieben hatte, führte Oriol zwei Polizisten in Zivil und einen Rechtsmediziner zu der Höhle, wo er die Leiche versteckt hatte. Die »erfolgversprechenderen Befragungsmethoden« hatten seine Fortbewegungsfähigkeit, wie sich der Akte ebenfalls entnehmen lässt, allerdings noch mehr eingeschränkt – der Verfasser der Akte erwähnt dies, weil die beiden Polizisten Oriol unterwegs von einem bestimmten Punkt an tragen mussten, da dieser außerstande war, noch einen Schritt zu tun; und bis zur Höhle war es ziemlich weit. In jedem Fall passt auch dies zu dem merkwürdigen Bild eines Mannes, der an den entscheidenden Wendepunkten seiner Biographie stets entweder selbst jemanden trug oder von anderen getragen wurde. Was sie in der Höhle vorfanden, wird in einem Bericht des Rechtsmediziners ausgeführt, der sich in einem weiteren Anhang findet und zugleich für das letzte Kapitel von Oriols Höllenfahrt steht, seinen endgültigen Absturz. Darin verdichtet sich, wenn man so will, diese Phase seines Lebens, also die Zeit von Februar 1939 bis Anfang 1944, gerade einmal fünf Jahre, in denen ein Pianist aus guter Barceloneser Familie, der eine anständige Erziehung genossen hatte, verheiratet war und über eine Reihe von Idealen verfügte, zum Tier wurde, zu einer Bestie, die anderen Waldbewohnern auflauerte, einer Raubkatze, die von zwei Polizisten zu dem Ort getragen werden musste, wo sie die Leiche eines kleinen Mädchens versteckt hatte. »Eine hinter Büschen verborgene Höhle«, wie der Rechtsmediziner schreibt, »die scheinbar nichts enthielt«, nichts zumindest, was einem auf den ersten Blick hätte ins Auge fallen oder was man hätte riechen können, wie es eigentlich von einer seit drei Tagen dort liegenden Leiche zu erwarten gewesen wäre. Oriol, den man auf dem Boden abgesetzt hatte, weigerte sich, die Höhle zu betreten, »er wollte nicht hinein, weil er genau wusste, was für Tiere in diesen Wäldern leben. Ihm war klar, dass die Aasfresser den Körper des Mädchens bei ihren nächtlichen Beutezügen schwerlich unbeachtet gelassen haben konnten«, erklärt der Rechtsmediziner. Während dieser und einer der beiden Polizisten mit einer Laterne das Innere der Höhle durchforschten, hockte Oriol, bewacht von dem anderen Polizisten, draußen auf einem Stein und starrte zum Eingang. Er hatte das Kinn auf die Krücke gestützt und schien aufmerksam auf den Moment zu warten, in dem die Stimmen der beiden bis zu ihnen herausdringen würden. Bei dem Anblick der beiden Männer hätte man meinen können, zwei Freunde vor sich zu haben, die nach einer langen Wanderung durch den Wald Rast halten. Nichts verwies jedenfalls von diesem geradezu idyllischen Bild auf das grausame Gemetzel, dessen Folgen der Rechtsmediziner zur selben Zeit im Innern der Höhle in Augenschein nahm, wobei der Polizist je nach Anweisung des Arztes mit der Laterne bald einen Stofffetzen, bald einen Schuh, bald eine Haarsträhne oder einen Knochen anleuchtete. All diese Überreste des Massakers, das sich dort abgespielt hatte, wanderten in einen Sack, dessen Inhalt später im Labor einer genaueren Untersuchung unterzogen werden und in jedem Fall dafür sorgen sollte, dass Oriol für den Rest seines Lebens hinter Gittern verschwand. Wie der Rechtsmediziner in seinem Bericht schreibt, waren sämtliche Fundstücke »von den Tieren so säuberlich gereinigt worden, dass keinerlei Geruch davon ausging«. Das kommt mir einigermaßen unwahrscheinlich vor, aber so steht es in der Akte, und wer weiß, vielleicht ist es tatsächlich möglich, etwas, was kurz zuvor noch Teil eines lebendigen Körpers war, von jedem Hinweis darauf zu befreien, selbst von seinem Geruch. Vielleicht sind wir wirklich so vergänglich, hinterlassen tatsächlich so wenige Spuren und verschwinden so schnell, dass der kleine Rest, der bleibt, mühelos in einem Sack Platz findet. Wie dem auch sei, die Beschreibung dieser Ansammlung blank polierter Knochen erinnerte mich jedenfalls an das, was, nach Novembres Bericht, von dessen Ziegen übrig geblieben war: Ebenso glatt und weiß und von allen Fleisch- und Blutresten – von allem Leben – befreit, standen auch diese Knochen in keinem Verhältnis zu dem grauenvollen Ereignis, das ihren jetzigen Zustand herbeigeführt hatte. Als der Arzt mit dem Sack in der Hand erschüttert aus der Höhle trat, traf sein Blick auf den Oriols, der immer noch, das Kinn auf die Krücke gestützt, dasaß und zum Eingang starrte. Dabei machte er, wie der Arzt selbst in seinem Bericht erzählt, einen so hochmütigen Eindruck, dass dieser wütend auf Oriol zutrat, ihm den geöffneten Sack hinhielt und ihm »befahl«, hineinzusehen, »was dieser, ungerührt dreinblickend, auch tat, um anschließend erneut zur Höhle zu sehen. Bei alldem sagte er kein Wort«, wie der Arzt – seiner eigenen Aussage nach, »um zu einem genaueren Bild dieses Mörders beizutragen« – weiter berichtet. Was mich wiederum, an diesem Punkt der Geschichte angekommen und nach all den Seiten, die ich bis jetzt geschrieben habe, vielleicht dazu bewegen sollte, hinzunehmen, dass Oriol wohl tatsächlich genau das war: ein abscheulicher Mensch, der denselben Nachnamen hatte wie ich.

Oriol wurde aufgrund der vorliegenden Beweise wie auch seines Geständnisses zu lebenslanger Haft verurteilt und ins Gefängnis von Prats de Molló gebracht, einem

Pyrenäenort nordwestlich von Lamanère. Sein Geständnis, die offizielle, mit einer Schreibmaschine angefertigte Schulderklärung, steht auf einem verschmutzten Blatt Papier ganz am Ende der Hauptakte, also auf einer von mehreren hundert Seiten, die im Zusammenhang mit diesem Fall vollgeschrieben wurden; das Besondere an dieser Seite ist, dass auch Oriols Unterschrift darauf steht, ein krakeliger schwarzer Schriftzug, der jedoch klar erkennbar meinen Nachnamen enthält. Als ich, in dem feuchten Raum im Polizeiarchiv von Serralongue auf dem Plastikstuhl sitzend, auf diesen Namenszug starrte, fiel mir plötzlich ein, dass ich Oriols Handschrift nicht zum ersten Mal vor mir hatte, schließlich hatten meine Nachforschungen begonnen, als mir in Argèles-sur-Mer eine Landstreicherin ein Foto in die Hand gedrückt hatte, auf dessen Rückseite, ebenfalls von Oriol geschrieben, stand: »1937. An der Front in Aragón.« Ein Schauder überlief mich – das Papier in meiner Hand war von Oriols Hand beschrieben worden, einzig die Zeit trennte uns also in diesem Augenblick. Wie es andererseits jetzt auch an der Zeit war, diese Untersuchung zu beenden. Oriols Geschichte lag mittlerweile offen zutage, und so schrecklich und beschämend sie war, diesmal entsprach sie wenigstens der Wahrheit, und auch wenn ich letztlich nur durch einen Zufall darauf gestoßen war, musste ich sie so schnell wie möglich meiner Familie mitteilen, ich musste unbedingt in Mexiko anrufen und die anderen wissen lassen, dass Oriol keineswegs 1939 in den Pyrenäen gestorben war. Und als ich mir schon sagen wollte, dass es doch richtig gewesen war, diese Geschichte auszugraben, wie es auch richtig war, sie jetzt zu beenden, wurde mir auf einmal klar, dass ich dafür trotz allem noch Oriols Sterbeurkunde benötigte, die ich in Perpignan ebenso wenig wie hier an diesem Ort hatte finden können. Um meiner Familie Oriols wahre Geschichte erzählen zu können, musste ich unbedingt wissen, wie sie ausgegangen war: Woran war er gestorben? War er im Gefängnis gestorben? Wie war es überhaupt möglich, dass er in Perpignan gestorben war? Hatte man ihn dorthin verlegt? Oder hatte man ihn kurz vor seinem Tod begnadigt? Was mich auf weitere Fragen brachte: Wusste Novembre wirklich nicht, dass Oriol ins Gefängnis gekommen war? Hatte ihm niemand von der Tat seines Freundes erzählt? Ich legte die Akte zur Seite und suchte eine Weile im Regal nach dem Band mit den Sterbeurkunden, oder auch nach einem weiteren Anhang zu Oriols Akte, der darüber berichtete, wie es mit ihm in den folgenden Jahren im Gefängnis weitergegangen war. Irgendetwas musste es doch dazu geben, wenigstens irgendwelche medizinischen Untersuchungsberichte, vielleicht auch Unterlagen über einen möglichen Versuch, seinen Fall neu aufzurollen. Allzu große Hoffnungen, etwas zu finden, machte ich mir allerdings nicht – wenn es tatsächlich etwas Derartiges gab, befand es sich logischerweise im Archiv des Gefängnisses von Prats de Molló. Draußen dämmerte es derweil schon, und ich hatte noch den ganzen Weg zurück nach Barcelona vor mir, vor allem die enge und kurvenreiche Strecke bis nach Le Perthus, die mich bei meinen letzten Fahrten ziemlich angestrengt hatte. Deshalb brach ich die ohnehin aussichtslose Suche nun ab und trat in den Vorraum hinaus, wo durch die angelehnte Eingangstür angenehm frische Luft hereinkam. »Bisschen einsam da drinnen, stimmt's?«, sagte die diensthabende Beamtin, als sie mich erblickte, und unterdrückte ein Gähnen. Offensichtlich wollte sie nach Hause gehen. Wie ich im Lauf mehrerer Besuche im Archiv festgestellt hatte, glich ihre Arbeit eher der einer Bibliothekarin als der einer Polizistin; es war kaum etwas los in dieser dörflichen Dienststelle, sehr viel öfter als einmal pro Jahr landete wohl kaum ein neuer Fall auf ihrem Schreibtisch. »Da haben Sie recht«, antwortete ich, »ehrlich gesagt kommt man sich fast ein bisschen eingesperrt vor.« Dann trat ich mit einem Kugelschreiber in der Hand an ihren Tisch, um mich in dem riesigen Heft wieder auszutragen. Ich hatte jedes Mal ein seltsames Gefühl, wenn ich darin unterschrieb, so als wäre ich in Wirklichkeit hier, um ein inhaftiertes Familienmitglied zu besuchen. Vor dem Betreten des Archivs musste ich außerdem immer meinen Personalausweis bei der Frau hinterlegen und alle Metallgegenstände, die ich bei mir hatte, auf einem Tablett deponieren – in meinem Fall waren das stets mein Schlüsselbund, mein Mobiltelefon und mein Gürtel. Während ich jetzt meine Sachen zurückbekam und ungeschickt den Gürtel wieder anlegte, sagte ich mir, dass das – ein Mann, der seine Sachen in Empfang nimmt und seinen Gürtel anlegt – so ziemlich das Aufregendste sein musste, was auf dem Polizeirevier von Serralongue passiert war, seit derselbe Mann, also ich, vor ebendieser schläfrig dreinblickenden Frau zum letzten Mal genau das Gleiche getan hatte. Bei keinem meiner bisherigen Besuche war mir auch nur ein einziger Polizist über den Weg gelaufen, wie ich auch niemals einen Streifenwagen vor dem Gebäude hatte parken sehen, dessen Besatzung an Kaffeebechern nippte – nichts davon, was sonst an einem solchen Ort zu geschehen pflegt, hatte ich hier erlebt. Serralongue war in der Tat ein friedliches Plätzchen; umso mehr Aufsehen musste Oriols schreckliches Verbrechen seinerzeit erregt haben – und dennoch war es ausschließlich in den hier archivierten Akten verzeichnet worden, keine der hiesigen Zeitungen hatte darüber berichtet, und auch von den Leuten vor Ort erinnerte sich offenbar niemand an den Fall. Vielleicht liegt das einfach daran, dass damals in Frankreich zu viele andere Dinge passierten, schließlich herrschte Krieg, das Land war von den Deutschen besetzt, und es mangelte an nahezu allem, da blieb nicht viel Platz für ein Verbrechen, das sich in einer einsamen Waldgegend irgendwo im äußersten Süden das Landes zugetragen hatte. Oriol war also gewissermaßen durch die damaligen Umstände gedeckt worden; hätte er sein Verbrechen heutzutage begangen, in einer Zeit, zu der alles unter strenger Überwachung durch die Medien steht, wäre die Tat in ganz Frankreich und Spanien bekannt geworden, Zeitungen und Fernsehsender hätten den Gang der Ermittlungen verfolgt, und die Leute hätten die Nachricht, dass er zu einer lebenslangen Haftstrafe verurteilt worden war, mit Genugtuung zur Kenntnis genommen, es sich von da an aber trotzdem beim nächsten Mal gründlich überlegt, ob sie tatsächlich in einem der Wälder der Pyrenäen Pilze sammeln gehen wollten. Oriol hatte zuletzt geradezu Glück gehabt, sein Verbrechen war eine lokale Angelegenheit geblieben, was es ihm erspart hatte, den Hass und die Ablehnung einer großen Öffentlichkeit erfahren zu müssen, während die Sache bei den wenigen, die überhaupt etwas davon mitbekommen hatten, im Lauf der Jahre immer stärker in Vergessenheit geraten war. »Haben Sie gefunden, wonach Sie suchen?«, fragte die Frau, als ich mit dem Gürtelanlegen fertig war. Obwohl es das Vernünftigste gewesen wäre, an einem anderen Tag wiederzukommen und mich vorläufig auf die verflixte Bergstraße zu konzentrieren, die mich erwartete, antwortete ich, Oriols Sterbeurkunde hätte ich leider nicht entdecken können; ich wolle allerdings noch herausbekommen, in welchem Jahr und an welchem Tag genau er gestorben sei, und auch, falls dazu irgendwelche Unterlagen vorhanden seien, wie es ihm im Gefängnis ergangen sei. »Irgendwelche ärztlichen Bescheinigungen oder auch einen Bericht des Gefängnisleiters, zum Beispiel«, fügte ich hinzu, um meinen Wunsch nachvollziehbar zu machen, der mir, als ich ihn ausgesprochen hatte, selbst ein wenig seltsam und unbegründet vorgekommen war. Zuletzt sagte ich noch, um der Antwort, die ich schon erwartete, zuvorzukommen: »Aber dafür muss ich wahrscheinlich nach Prats de Molló fahren.« – »Also, wenn Sie wirklich ganz bis dorthin wollen …«, sagte die Frau. »Eigentlich können wir auf alle Akten, die nach 1960 angelegt worden sind, inzwischen ja per Computer zugreifen.« Sie deutete auf das Gerät, das vor ihr auf dem Schreibtisch stand. »Ich weiß eben nicht, ob mein Großonkel bis 1960 gelebt hat«, entgegnete ich, schließlich wusste ich nur, dass er in Perpignan gestorben war, aber nicht, wann, dazu hatte Novembre mir nichts Genaueres sagen können. »Wie hieß Ihr Verwandter denn?«, fragte die Frau beflissen. Offensichtlich freute sie sich, dass sie – wahrscheinlich zum ersten Mal im Lauf dieses Arbeitstages – etwas zu tun bekam. Ich nannte ihr Oriols vollständigen Namen, woraufhin sie mich bat, ihn ihr aufzuschreiben. Dann setzte sie eine viel zu große Brille auf und tippte ihn Buchstabe für Buchstabe ein – geradezu ehrfürchtig darauf bedacht, sich bloß nicht zu verschreiben; vielleicht war es aber auch nur übertriebene Hochachtung vor dem technischen Gerät. Die Antwort ließ eine ziemliche Weile auf sich warten. Die Software war offensichtlich genauso veraltet, wie es von dieser abgelegenen Grenzregion Frankreichs zu erwarten war. Außerdem musste die Frau, die mit der riesigen Brille noch weniger nach einer Polizistin aussah, zweimal ein Passwort eingeben, um Zugriff auf das elektronische Archiv zu erhalten, und dabei ging sie genauso umständlich vor wie schon bei der Namensschreibung. Ich stand derweil ihr gegenüber an dem Tisch, umklammerte den Schlüsselbund, den sie mir zurückgegeben hatte, und genoss weiter die frische Luft, die durch die angelehnte Tür hereindrang und sich mit den Geräuschen des Dorfes vermischte – ein Fahrrad, das rasch vorbeifuhr, ein in der Ferne bellender Hund, ein Auto, das sich dem Gebäude näherte, zuletzt aber nicht davor haltmachte, sondern weiterfuhr, bis irgendwann nichts mehr von ihm zu hören war. Die Frau starrte wartend auf den Bildschirm und klopfte dazu mit einem Kugelschreiber auf den Tisch, und in den beiden riesigen Brillengläsern spiegelte sich der flimmernde Computerbildschirm. »Voilà!«, sagte sie plötzlich, und ich lehnte mich ein Stück über den Tisch, um ebenfalls sehen zu können, was sich da auf dem Bildschirm zeigte. »Setzen Sie sich doch«, sagte sie und deutete auf einen Stuhl neben ihr – ein Vorgang, der in einem normalen Kommissariat, wo sich Polizeibeamte und frisch verhaftete Gesetzesbrecher tummeln, unvorstellbar sein dürfte. »Gibt es hier eigentlich auch Zellen?«, hatte ich sie bei einem meiner früheren Besuche an diesem für mich schwer einzuordnenden Ort einmal gefragt. »Aber natürlich«, hatte sie geantwortet, »in einer davon sitzt sogar gerade jemand. Der Mann wollte ein bisschen José Bové spielen und hat mit einem Stein die Fensterscheibe der hiesigen Metzgerei eingeworfen.« Daraufhin hatte sie mich mit zweideutiger Miene angesehen – fast hätte man meinen können, sie mache bloß Spaß. Für alle Fälle hatte ich lieber nichts erwidert; bei meinem nächsten Besuch jedoch hatte die Frau mich mit den Worten begrüßt: »Gestern Abend haben wir den Steineschmeißer freigelassen«, woraufhin ich für alle Fälle wiederum nichts erwiderte. Jetzt setzte ich mich also neben sie und erblickte auf dem Bildschirm das Foto eines Mannes mit eher kurzem, aber völlig wirrem Haar. Es machte den Eindruck, als hätte er mehrere Stunden in einem heftigen Sturm verbracht. Dazu trug er einen dichten Bart, unter dem sich jedoch Oriols Gesicht erkennen ließ – zumindest wenn man wusste, um wen es sich bei dem Abgebildeten handeln sollte. Andernfalls hätte ich ihn wohl kaum wiedererkannt, zumal diese Aufnahme nicht die geringste Ähnlichkeit mit den wenigen Fotos aufwies, die ich bis dahin von ihm zu sehen bekommen hatte. Hier hatte er etwas von einem Wilden, er wirkte grob und unkultiviert, dafür aber umso fülliger und vor allem kräftiger, was vielleicht daran lag, dass er sich ständig mit seiner Krücke im dichten Wald umherbewegte. Für einen Augenblick geriet ich sogar ins Zweifeln und wollte die Frau schon fragen, ob bei dem Foto nicht eine Verwechslung vorlag, aber gleich darauf entdeckte ich mehrere typische Merkmale unserer Familie an dem Abgebildeten; er hatte die Augen meiner Mutter und meines Bruders – und dazu meine Nase, die Verwandtschaft ließ sich also schwerlich abstreiten, wie ich mit einem stechenden Gefühl im Magen einräumen musste. Ich hatte die Frau bitten wollen, mir das Foto auszudrucken, um es meiner Mutter zu schicken; als ich jedoch meine Nase in dem Gesicht erkannte, verwarf ich die Idee – ich wollte das Bild nie wiedersehen müssen. Hinter der kräftigen Männergestalt auf dem Foto ragte die Messlatte in die Höhe, mit der man die Körpergröße von Häftlingen bestimmt, und in den Händen hielt er ein Schild, auf dem der Name, dazu eine ellenlange Zahl sowie die Worte »Le républicain« und darunter, in Klammern, »Assassin de Serralongue« standen. Wahrscheinlich zu dem Zweck, dass man auch Jahrzehnte später noch wüsste, aus welchem verdammten Grund noch mal sich dieser Herr im Gefängnis befand. Die Frau merkte, wie aufmerksam ich das Bild betrachtete, und sagte, bestimmt weil mir anzusehen war, wie unwohl ich mich fühlte: »Er ist Ihnen aber kein bisschen ähnlich.« – »Stimmt«, log ich. »Kaum zu glauben, dass das der Bruder meines Großvaters sein soll.« Weiter unten auf derselben Seite befanden sich die restlichen Informationen, zunächst eine Vergrößerung seiner Fingerabdrücke, die jeweils von einem rechteckigen Rahmen umgeben und in einer Reihe nebeneinander angeordnet waren, ein Anblick, der einen irritierend harmonischen Eindruck machte – all die geschwungenen schwarzen Linien vor dem weißlich schimmernden Hintergrund des Bildschirms riefen einen leisen ästhetischen Kitzel hervor, wenigstens solange man nicht daran dachte, dass die dazugehörigen Finger einst den Griff der Krücke umklammert hielten, die den Tod des Mädchens mit herbeigeführt hatte. Unterhalb der Fingerabdrücke folgte eine kurze Erläuterung der Verbrechen, die dem Abgebildeten zur Last gelegt wurden; hinzugefügt wurde außerdem, dass die Strafe für die Raubüberfälle durch das Urteil mit abgedeckt sei und »keine weiteren Auswirkungen auf die Ansetzung der Haftdauer« habe. Dazu wurde eine lange Aktennummer aufgeführt. »Wofür steht denn die Nummer da?«, fragte ich die Frau. Das würden wir schon noch herausfinden, erwiderte sie, erst einmal solle ich die Seite bis zum Ende durchsehen. »Damals sind öfter komische Sachen passiert«, sagte sie, während sie sich die Zahlenfolge auf einem Zettel notierte, »es ging manchmal ziemlich drunter und drüber, da konnte man es nicht immer mit allen Vorschriften so genau nehmen.« Ein Anhang zu dem Bericht führte die wichtigsten Vorfälle aus der Zeit von Oriols Gefängnisaufenthalt auf, einmal hatte er Typhus gehabt, ein anderes Mal ein Magengeschwür; wegen Letzterem hatte er drei Wochen im öffentlichen Krankenhaus von Prats de Molló zubringen müssen. »Öffentlich?«, sagte die Frau sarkastisch, »dort gibt es doch gar kein anderes.« Dann lachte sie laut auf, ein kurzes, aber umso heftigeres Lachen, das ihren gesamten Körper schüttelte; anschließend musste sie sich mit der Spitze ihres Zeigefingers die riesige Brille auf der Nase zurechtrücken. Unwillkürlich schloss ich mich ihrem Gelächter an, vielleicht bloß, um nicht unhöflich zu wirken, besonders wohl fühlte ich mich jedenfalls nicht dabei. Schließlich war es ziemlich bedrückend, Oriols Akte zur Kenntnis zu nehmen – zumal sie, wie ich nun wusste, nicht nur als staubiger Ordner in einem gottvergessenen Archiv am äußersten Ende Frankreichs existierte, sondern auch für alle Ewigkeit Teil einer Datenbank der französischen Justiz war, wo man sie jederzeit aufrufen konnte, man brauchte bloß zwei Passwörter und meinen Nachnamen einzugeben, und schon erschien das Porträt des »Mörders von Serralongue« auf dem Bildschirm. Der Anhang enthielt auch den Bericht eines Orthopäden, der offenbar versucht hatte, Oriol mit einer Beinprothese auszustatten, dieser jedoch »konnte sich nicht daran gewöhnen und zog es vor, weiter seine Krücke zu benutzen«. Im Folgenden hieß es, die Prothese – bei der es sich, man befand sich damals ja am Ende der vierziger Jahre, um nicht viel mehr als einen besseren Holzstock gehandelt haben dürfte – sei die milde Gabe einer Société des Dames de la Croix d'Hautes-Pyrénées gewesen, die sich, aus welchem Grund auch immer, die Häftlinge des Gefängnisses von Prats de Molló zu ihren Schützlingen erkoren hatte. Am Ende des Anhangs wurde noch erwähnt, dass Oriol sich 1975 einer Freiwilligengruppe von »Alpha-Häftlingen« angeschlossen hatte, die ehrenamtlich Arbeitseinsätze im Auftrag der Gemeinde Prats de Molló durchführten. »1975?«, murmelte ich, überrascht darüber, dass mein Großonkel noch so viele Jahrzehnte gelebt hatte. »Wer sich durch gute Führung ausgezeichnet hatte, konnte den Status eines Alpha-Häftlings bekommen. Dann durfte er zur Belohnung jeden Samstag raus aus dem Gefängnis und draußen an der frischen Luft Straßen fegen oder zum Beispiel helfen, ein Gebäude anzustreichen«, sagte die Polizistin, ohne auf meine unübersehbare Verwunderung einzugehen. »Tolle Belohnung, was?«, fügte sie hinzu und lachte erneut laut auf. Der Bericht endete an dieser Stelle. »Ist das alles?«, fragte ich, woraufhin die Frau sich wieder die Brille zurechtrückte und sagte, die Fortsetzung befinde sich höchstwahrscheinlich in einem weiteren Anhang mit der Kennziffer, die sie sich notiert hatte. »Könnten Sie sie mir diktieren?«, fragte sie, und ich sagte die schier endlose Zahlenschlange auf, die sie, ebenso bedächtig und ehrfürchtig wie zuvor Oriols Namen, in das entsprechende Bildschirmfeld eingab. »Dachte ich mir's doch«, sagte sie kurz darauf: »›Sonderfälle‹.« Als man damit begonnen hatte, den gesamten Aktenbestand zu digitalisieren, hatte man, wie sie mir nun erklärte, sich irgendwann auch dieser Unterlagen angenommen. »Bis dahin waren die praktisch tot gewesen, die dämmerten in irgendwelchen verschlossenen Kisten vor sich hin, und es war noch nie jemand auf die Idee gekommen, da mal reinzusehen. Erst als wir mit dem Scannen angefangen haben, haben wir gemerkt, dass auch dieser Teil des Archivs zu etwas zu gebrauchen sein könnte, in manchen Fällen dienten die Unterlagen sozusagen dazu, das Bild abzurunden – damit auch alles seine Richtigkeit hat, wie man so sagt«, erläuterte sie, und ich nickte, obwohl ich mir nicht sicher war, dass ich tatsächlich begriffen hatte, was sie meinte. Es handelte sich also offensichtlich um so etwas wie die inoffizielle Version der hier gespeicherten Verbrechen, den im Dunkeln liegenden Teil eines Archivs, dessen Aufgabe, so paradox es klingt, darin bestand, Licht in bestimmte Angelegenheiten zu bringen – zum Beispiel die, die sich auf meinen Großonkel bezogen. »Voilà!«, sagte die Frau schließlich und drehte den Bildschirm ein wenig in meine Richtung. Was es zu sehen gab, war ein mit einer alten Schreibmaschine, bei der das r und das e jedes Mal ein wenig aus der Zeile sprangen, geschriebener Text, gerade einmal vierzehn Zeilen auf einer soliden Karteikarte, die ich zweimal lesen musste, weil ich zuerst glaubte, nicht richtig verstanden zu haben, was aber leider nicht der Fall war. Der Text besagte, dass Oriol die Strafe, die er »für mehrere auf dem Gebiet der Gemeinden Lamanère und Serralongue begangene Raubüberfälle« zu verbüßen gehabt hätte, aufgrund der »wertvollen Informationen« erlassen worden sei, die er den Behörden bei anderer Gelegenheit »aus eigenem Antrieb« habe zukommen lassen, Informationen über ein »gefährliches subversives Element, einen

Einzeltäter, der im Grenzgebiet zahlreichen Frankreich und darüber hinaus ganz Europa feindlich gesinnten Personen Hilfsdienste erwiesen« habe. Dank Oriols Hinweisen sei es der spanischen Polizei, die stets »großes Interesse am Aufspüren von mit der republikanischen Sache sympathisierenden Elementen« zeige, mit Einwilligung der französischen Polizei gelungen, »den oben Erwähnten mit Namen Novembre Mestre« zu verhaften. »Seien Sie nicht so streng mit Ihrem Großonkel«, sagte die Frau und legte mir mütterlich eine Hand auf die Schulter, »damals sind schreckliche Dinge passiert.« Ich sah sie fassungslos an und sagte: »Novembre war sein Freund, er hatte ihm das Leben gerettet.« Die Frau bedachte mich mit einem mitleidigen Blick, und in der offenkundigen Absicht, mich zu trösten, sagte sie: »Jetzt sehen wir doch mal nach, wann er gestorben ist, dann ist Ihre Geschichte wenigstens vollständig.« Daraufhin ließ sie den Cursor langsam an einer endlosen Reihe von Namen entlanggleiten und verringerte die Geschwindigkeit noch, als sie beim Anfangsbuchstaben meines Nachnamens angekommen war. Erneut rückte sie sich die Brille zurecht und näherte das Gesicht dem Bildschirm. »Wie war denn der zweite Nachname Ihres Großonkels?«, fragte sie irgendwann, und auf meine Antwort hin unterzog sie die Namenliste einer neuerlichen Untersuchung. Nachdem sie den Bildschirm wiederum eine ganze Weile mit dem Cursor abgetastet hatte, sagte sie schließlich: »Komisch, er taucht einfach nicht auf.« Dann aber fiel ihr ein, dass er – als spanischer Staatsbürger – vielleicht in einer offenbar zusätzlich existierenden Liste für »Sonderfälle/Ausländer« aufgeführt war. »Kann schon sein«, erwiderte ich, »für Besonderheiten aller Art war er ja wohl in jedem Fall gut.« Und während die Polizistin die nächste Seite anklickte und den Cursor erneut unendlich langsam an einer Namenliste entlanggleiten ließ, sagte ich mir, dass es wahrscheinlich nur folgerichtig war, dass jemand, der eigentlich schon 1939 gestorben war, später keine Spuren seines tatsächlichen Todes hinterlassen hatte und dass es wohl am besten wäre, die Sache einfach auf sich beruhen zu lassen. Ich hatte schon mehr als genug über ihn herausgefunden, allmählich hatte ich die Nase voll von diesem Oriol, und erst recht wollte ich meine Suche nicht auf noch weiteren Polizeidienststellen in dieser Gegend fortsetzen. »Voilà!«, rief da die Polizistin begeistert und riss mich aus meinen trüben Gedanken. »Und, wann ist er gestorben?«, fragte ich und tastete auf der Suche nach einem Kugelschreiber meine Jackentaschen ab – endlich würde ich einen Schlussstrich unter der Sache ziehen können. Die Frau nahm die Augen vom Bildschirm, sah mich halb belustigt, halb mitleidig an und antwortete: »Er ist nicht gestorben, er ist immer noch in Prats de Molló im Gefängnis.«

9

Den ganzen Vormittag hatte er damit zugebracht, die Fährte eines Tiers aufzunehmen, er hatte im Gras und an Baumstämmen geschnüffelt und sich manchmal auf die Hinterpfoten erhoben und aufmerksam die Nase in den Wind gehalten. Als er früh am Morgen seine Höhle verlassen hatte, war er noch ganz benommen vom Winterschlaf und erfüllt von dem unaufschiebbaren Bedürfnis, nicht nur seinen Hunger zu stillen, sondern sich auch dem Taumel der Bewegung hinzugeben, die Pranken durch die Luft schnellen zu lassen und bis in die Schläfen seinen rasenden Herzschlag zu spüren. Ein Bedürfnis, das alle seine Fasern erfasste, vor allem aber aus so ferner Zeit herrührte, dass es völlig undenkbar war, ihm Einhalt zu gebieten, seine Erfüllung hinauszuschieben, geschweige denn es zum Verstummen zu bringen. Das Tier, das er war und das gerade erst seine Höhle verlassen hatte, musste einfach jagen, es musste sich auf die Lauer legen, ein anderes Wesen verfolgen, es verschlingen, nur so konnte es ins Leben zurückkehren; seit Tausenden von Jahren hatten seine Artgenossen sich auf genau diese Weise wieder in Form gebracht. Vom Zugang zu einem Tal aus entdeckte er eine Ziegenherde, es war allerdings weniger ein Zugang als ein schmaler Durchlass, der sich zu einem Stück Grasland erweiterte und weiter hinten wieder verengte, eine Lichtung im Gebirge, eine Art Auge, das auf zwei Seiten in enge Felskanäle auslief – ein idealer Platz, um zu weiden, belauert, überfallen und aufgefressen zu werden. Die Frau, die die Tiere hütete, schien davon jedoch nichts zu ahnen. Sie trug ein dunkles Kleid aus einem schweren Stoff, dazu einen Mantel und eine Mütze aus grober Wolle. Um die Tiere zusammenzuhalten, behalf sie sich mit einem Stock; ab und zu trieb sie damit eine der Ziegen zur Herde zurück. Die ihr aufgetragene Arbeit – sie war nicht die Besitzerin der Herde, dafür war sie viel zu jung – erledigte sie mit großer Gewissenhaftigkeit. Sie war darauf bedacht, dass keine der Ziegen sich allzu weit von den anderen entfernte, doch dass das, was sie da tat, zu dieser Jahreszeit und an dieser einsamen und abgelegenen Stelle, gefährlich, ja überaus leichtfertig war, sagten ihr offensichtlich weder ihr Instinkt noch ihre Erfahrung. Und das Raubtier, das in diesem Augenblick reglos hinter einem Felsen lauerte, würde sich ihre Ahnungslosigkeit zunutze machen, es konnte gar nicht anders, das lag ihm in den Genen, weshalb es nun auch, angetrieben von dem Adrenalinstoß, den der Anblick der Ziegen in ihm ausgelöst hatte, aus seinem Versteck hervorgeschossen kam. Von dem Beben aufgeschreckt, das es verursachte, während es immer tiefer in das Tal vordrang, hörten die Ziegen zu grasen auf, und das Mädchen unterließ es seinerseits, sie zurechtzuweisen, indem es sie mit der Stockspitze an Hinterteil, Kopf oder Bein berührte; nichts davon unternahm sie, hatte der Bär doch in Sekundenschnelle nicht nur die Mitte des Tals erreicht, wo sie sich mit der Herde befand, sondern, bevor sie oder eine der Ziegen auch nur hätte blinzeln können, bereits mit einem wütenden Prankenhieb einem der Tiere die Flanke auf- und ein Bein abgerissen. Diese Ziege sah ihren Mörder zunächst bloß furchtlos an, gleich darauf jedoch versuchte sie, ohne recht zu begreifen, was der Bär soeben mit ihr angestellt hatte, zu fliehen, was natürlich nur dazu führte, dass sie mit der Schnauze voraus zu Boden stürzte, von wo sie sich noch einmal aufrappelte, um sofort wieder hinzustürzen und anschließend leblos in einer Blutlache liegen zu bleiben. Zur selben Zeit hatte der Bär bereits weitere zwei Ziegen zu Boden gestreckt, die nun nicht weniger schwer verletzt und außerstande, sich von der Stelle zu rühren, verzweifelt dem Rest der Herde hinterhersahen, der auseinanderstob und in aller Eile dem Wald entgegenstrebte, bloß fort von dieser freien Weidefläche, die das Mädchen, leichtfertig wie sie war, ausgewählt hatte, ohne zu bedenken, dass sie sich und ihre Ziegen damit zur leichten Beute eines Raubtiers machte. Während das Mädchen noch überlegte, ob sie ihrer Herde hinterherlaufen oder besser reglos an Ort und Stelle verharren sollte, bemerkte sie, dass der Bär, dessen Schnauze und eine Pranke von Blut trieften, auf einmal das von ihm selbst angerichtete Schlachtfest unterbrach und den Blick auf sie heftete. Furchtlos hielt sie weiterhin ihren Stock umklammert, während der Wind ihren Rocksaum bewegte und die blonden Haarsträhnen durcheinanderwirbelte, die unter ihrer Mütze hervorsahen. Das Mädchen wollte einfach nicht glauben, dass dieses Ungeheuer imstande sein könnte, von seinem Festmahl abzulassen, um stattdessen sie anzugreifen, die mutterseelenallein dastand und vom Wind angeblasen wurde, während der Rest ihrer Herde sie im Stich gelassen hatte; so war sie das leibhaftige Ebenbild menschlicher Verlassenheit, Schutzlosigkeit und Verzweiflung, doch der Bär, so unwahrscheinlich es klingen mag, richtete sich tatsächlich auf, wandte sich von seiner Festtafel ab und ihr zu. Immer noch empfand sie keine Furcht, und als er nahe genug bei ihr war, begann er ihren Rocksaum zu beschnuppern und danach ihre Hände, und sie, die auch weiterhin keine Furcht empfand, spürte seine feuchten Nüstern an ihren Fingerknöcheln und betrachtete dabei aus dem Augenwinkel die Blutflecken, mit denen der Bär ihr Kleid beschmutzte, am schwingenden Saum, aber auch weiter oben, an der Hüfte, und als er so die feuchte weiße Nasenspitze an ihre Fingerknöchel und ihre Handflächen und Gelenke drückte und sie immer noch keine Furcht empfand, wusste sie auf einmal mit völliger Sicherheit, dass dieser Bär ihr nichts zuleide tun würde, sie wusste es, wie man solche Sachen eben weiß, durch die Art, wie der andere sich einem nähert, wie er sich benimmt, durch seinen Blick und seinen Ausdruck, die nicht zu missdeuten sind, wenn der andere entschlossen ist, einen zu töten. Und obwohl sie also in aller Klarheit erkannte, dass der Bär sie nicht verschlingen würde, rührte sie sich auch weiterhin nicht, schließlich war das Tier riesengroß und hätte sie schon mit der kleinsten Bewegung, wäre sie auch noch so liebevoll gemeint, verletzen können, und darüber hinaus lagen da die drei Ziegen, die dem Bären zum Opfer gefallen waren, zwei hatte er aufs Grausamste getötet, aber nicht nur das, jeder der beiden hatte er zudem einen Körperteil abgerissen, während die dritte, die kaum weniger schlimm zugerichtet war und heftig blutete, lang gezogene Klagelaute von sich gab, die von den Felswänden widerhallten und eigentlich schon wie aus dem Totenreich herüberklangen. Während der Bär nun nicht mehr an den Händen des Mädchens schnupperte, sondern dazu überging, hartnäckig mit der Schnauze über ihren Bauch zu streichen, ließ die Kleine zitternd eine Reihe warmer Tränen hervorquellen, zunächst noch lautlos und gefasst, nach einer Weile jedoch von immer heftigerem Schluchzen begleitet, bis sie schließlich die Hände vors Gesicht schlug und in die Knie sank, um zuletzt vornübergebeugt die Stirn ins Gras zu drücken, während ihre Schluchzer sich zu einem handfesten Weinen auswuchsen, das zuletzt der lang gezogenen Klage der sterbenden Ziege immer ähnlicher wurde. Als die Schäferin zu Boden sank, hatte der Bär innegehalten, dann jedoch, als sie mit der Stirn den Boden berührte, angefangen, ihren Kopf und ihren Nacken zu beschnuppern. In der Gesamtansicht ist dieses Bild – mehrere zerfetzte Ziegen rings um eine Frau, die weinend die Stirn gegen den Erdboden presst, während ein Bär seine Schnauze an sie drückt, um an ihr zu riechen – stark genug, um einen Mythos zu begründen, eine Schöpfungsgeschichte, einen symbolischen Ausgangspunkt, an dem ein Verständnis von den Kräften, die diese Welt zusammenhalten, ansetzen kann. Für den Rest dieser Pyrenäensage braucht es dann allerdings doch ein wenig Vorstellungskraft, denn das, was nun folgt, ist schwer zu verstehen, wenn man es nicht mit einem Mythos in Zusammenhang bringt, einem Mythos, aus dem das wichtigste Fest des Pryenäenstädtchens Prats de Molló seit jeher seine Kraft bezogen hat: das Bärenfest. Nachdem das riesige Tier das schluchzende Mädchen vom Scheitel bis zur Sohle beschnuppert hatte, ohne dass sie auch nur den geringsten Widerstand leistete, hob es die Kleine auf und stieg mit ihr den Berg hinauf, seiner Höhle entgegen. Wie ein Bär einfach so eine Frau tragen können soll, verrät die Legende nicht. Indem er sie vorsichtig zwischen die Zähne nimmt? Auf die Hinterpfoten aufgerichtet und das kleine Wesen in den Armen haltend, wie ein Mensch es tun würde? Ich weiß es nicht, die Legende sagt nichts dazu, aber das ist auch gar nicht nötig, schließlich sind die Mythen der Völker dazu da, dass man an sie glaubt oder eben nicht, sie zu hinterfragen und die Handlung auf mögliche Schwachstellen abzuklopfen ist nur etwas für Spielverderber. Wie auch immer, der Bär nahm das Mädchen jedenfalls mit hinauf in seine Berge, und bestimmt schluchzte es dabei die ganze Zeit und empfand trotzdem auch weiterhin keine Furcht, wagte es jedoch ebenso wenig, sich den Zähnen oder Armen des Tiers zu entwinden oder von dessen breitem Rücken zu springen. Vielleicht verspürte sie, so könnte ich es mir vorstellen, durchaus auch eine gewisse Erleichterung darüber, dass der Bär sie fortschleppte, half dies doch, die Tatsache zu verwischen, dass sie die Herde so unvorsichtig und leichtfertig genau zu der Zeit hinausgelassen hatte, zu der, wie alle Hirten wussten, die Bären loszogen, um auf der Suche nach Nahrung die Berge zu durchstreifen. Andererseits ist es nur zu verständlich, dass ein so junges Mädchen beziehungsweise eine, wie es in dieser Bärenlegende wörtlich heißt, »jungfräulich-kindliche Schäferin«, die man mit einer so verantwortungsvollen Aufgabe betraut, eine gewisse Leichtfertigkeit an den Tag legt. Wenigstens sah sie sich auf diese Weise von der Schwierigkeit befreit, ihrem Vater, oder wem auch immer, erklären zu müssen, wie es hatte geschehen können, dass ein Raubtier drei seiner Ziegen gefressen hatte, ein tragisches Ereignis, das durch die Entführung durch den Bären an Gewicht verlor, ja geradezu bedeutungslos wurde. Allerdings schiebe ich der Kleinen damit vielleicht nur meine eigenen Gedanken unter, schließlich ist es im Mythos nichts Besonderes, dass jemand die eigenen Kinder auffrisst oder sie ohne alle Gewissensbisse anderen als Pfand gibt, weshalb es in der Welt, in der diese Geschichte spielt, durchaus sein könnte, dass eine Tochter weniger wert ist als eine Ziege. Aber wie dem auch sei, der Bär nahm das Mädchen also mit hinauf in die Berge und gelangte zwei Stunden später zu seiner Höhle, wo er die Kleine auf dem Boden absetzte. Doch just zur selben Zeit stieß ein Hirte, der ohne Herde nach Prats de Molló unterwegs war, auf die drei von dem Bären zerfetzten Ziegen: Und es sollte nur eine Stunde dauern, da hatte sich das gesamte Dorf in Bewegung gesetzt; die Männer hatten sich in mehrere Gruppen aufgeteilt, um sich auf die Suche nach dem Kind zu machen, während die Frauen sich im Haus der Mutter der »jungfräulich-kindlichen Schäferin« zusammendrängten. Zur Entstehungszeit dieses Mythos kann Prats de

Molló nicht allzu viele Einwohner gehabt haben, und in dem kleinen Schäferdorf dürften alle ziemlich genau übereinander Bescheid gewusst haben, eine Situation wie diese müsste also von allen als Tragödie empfunden worden sein. Solange es hell war, durchsuchten die Männer des Dorfes die Umgebung, und als es dunkel wurde – schon früh, schließlich war Februar –, entzündeten sie Fackeln und weiteten die Suche auf die umliegenden Berge aus. Die Legende beschreibt diesen Teil des Unternehmens mit einem so übertriebenen wie wirkungsvollen Bild: »So viele Männer suchten mit Fackeln nach der Schäferin, dass der Berg in der dunklen Nacht leuchtete.« Darüber, was sich derweil zwischen der »jungfräulichen« Schäferin und dem Bären abgespielt haben könnte, schweigt sich die Legende aus, unweigerlich denkt man jedoch an Geschichten wie die von Hades und Persephone oder andere Erzählungen, die metaphorisch von der Fruchtbarkeit der Erde und den Zyklen des Ackerbaus sprechen. Wie auch immer, um Mitternacht stieß jedenfalls eine der Gruppen, die mit ihren Fackeln den nächtlichen Berg zum Leuchten brachten, auf die Bärenhöhle und darin auf die friedlich am Boden liegende – und vermutlich schlafende – Schäferin und den Bären, der diese betrachtete und sich darüber in ein sanftes oder vielmehr durch die Schönheit des Mädchens besänftigtes Raubtier verwandelt hatte, das keinerlei Widerstand leistete, ja offensichtlich nicht das Geringste einzuwenden hatte, als die Männer es nun mit Seilen fesselten und aus der Höhle führten. Das Mädchen dagegen kehrte der Legende nach auf eigenen Füßen ins Dorf zurück, an der Seite des Bären, der nur dann wild wurde, wenn die Kleine außer Sicht geriet, und bei der Ankunft in Prats de Molló wurde der Zug »im Morgengrauen mit Hochrufen begrüßt«. Das Mädchen »trug man auf Händen bis vor die Schwelle ihres Hauses«, während der Bär einer ungewöhnlichen Bestrafung unterzogen wurde, vielmehr einem gewaltsamen Zivilisierungsprozess, und genau das wird an jedem 18. Februar im Verlauf der *Fête de l'ours*, des Bärenfestes also, auf den Straßen von Prats de Molló nachgespielt. Die Dorfbewohner beschließen zunächst, den Bären zu »rasieren«: Sie berauben ihn seiner dichten Behaarung und reiben ihn mit Öl ein, um einen Menschen aus ihm zu machen. Anschließend lassen sie ihn zur Strafe Arbeiten für die Gemeinschaft ausführen, etwa eine Tür instand setzen, eine kleine Mauer errichten, eine Straße fegen. Die Darstellung dieser Vorgänge bildet die Grundlage des bis heute jährlich stattfindenden Volksfestes. Die Rolle des Bären übernehmen mehrere Männer, die sich mit einer schwarzen, öligen Flüssigkeit einschmieren, sie sind *les noirs*, und sie verfolgen *les blancs*, eine Gruppe anderer Männer, die sich mit weißer Farbe bemalt, auf der mit der Zeit immer mehr schwarze Abdrücke von den Händen der *noirs* zu sehen sind. Darüber hinaus treiben sich bei diesem Volksfest sämtliche Dorfbewohner auf den Straßen herum; es gibt Musik und Imbissbuden und eine Kirmes mit Riesenrad und Karussell – mit anderen Worten, ein Tag, der weniger geeignet wäre, um mit einem Vorhaben wie dem meinen nach Prats de Molló zu kommen, ist schwerlich vorstellbar, aber genau so war es:

Ohne irgendetwas von der Geschichte zu wissen, die ich soeben nacherzählt habe, und natürlich auch ohne zu wissen, dass ausgerechnet an diesem Tag das dazugehörige Fest stattfand, traf ich ausgerechnet am 18. Februar in Prats de Molló ein, an dem Tag, als dort das Bärenfest gefeiert wurde.

Als ich einige Tage davor, an dem Abend, als ich erfahren hatte, dass Oriol noch lebte, auf dem Rückweg nach Barcelona war, hatte ich mir gesagt, dass ich, obwohl es auf einmal möglich war, wenig Lust auf ein Treffen mit diesem Menschen hatte, der für mich und meine Familie schon seit Jahrzehnten tot war. Was sollte ich zu ihm sagen, nach all dem, was ich über ihn herausgefunden hatte? Und was sollte er zu mir sagen? Wusste ich inzwischen nicht längst genug? Die Vorstellung, ihn plötzlich als lebendiges Wesen aus Fleisch und Blut vor mir zu haben, schien mir unerträglich. Alles, was ich aus den Akten und aus dem Mund anderer Menschen über ihn erfahren hatte, war schon schwer genug auszuhalten. Unsere beiden Leben hatten sich bis dahin lediglich auf der erzählerischen Ebene überschnitten, auf einem Gebiet also, das ich bis zu einem gewissen Grad unter Kontrolle hatte, schließlich hatte ich in den vergangenen Monaten jedes Mal selbst entschieden, wie viel Platz ich diesem Gebiet in meinem Leben einräumte und wann und wie oft, und mein Großonkel war dabei weniger ein lebendiger Mensch als eine Romanfigur gewesen, fast so, als ob ich ihn mir ausgedacht hätte. Die Vorstellung, ihm tatsächlich gegenüberzutreten, ihn sehen zu können und mir anhören zu müssen, was er mir, wahrscheinlich, zu sagen hätte, wie auch ihn dazu zu bringen, sich anzuhören, was ich ihm zu sagen hätte, rief ein tiefes Unbehagen in mir hervor. Zugegebenermaßen hatte ich auch Angst davor, seine Stimme beispielsweise könne der meinen ähnlich sein – bei dem bloßen Gedanken hieran erfasste mich panischer Schrecken. In meinem Innern tobte derweil ein so heftiger Sturm, dass ich kaum auf die Straße achtete, auf der ich unterwegs war. Zunächst war das die kurvenreiche Landstraße bis nach Le Boulou, auf der es zu dieser Uhrzeit stockfinster war; aber auch an die sich anschließende Autobahnfahrt bis Barcelona erinnere ich mich so gut wie nicht. Als ich zu Hause ankam, befand ich mich jedenfalls in einer Art Rauschzustand, der, nachdem ich mich ausgezogen hatte und ins Bett gekrochen war, binnen Kurzem in tiefen Schlaf überging. »Wie war's?«, fragte meine Frau noch, als sie spürte, dass ich mich fest an sie drückte, um meinen eigenen Körper umso weniger fühlen zu müssen. »Keine Ahnung«, sagte ich, den Mund ganz nah an ihrem Nacken, und schlief ein. Während der folgenden Tage ließ mir die Vorstellung, Oriol befinde sich gerade einmal zwei Autostunden von mir entfernt am Leben, keine Ruhe. Sobald ich morgens aufwachte, musste ich an ihn denken, an die Schandtaten, die er im Wald begangen hatte, daran, wie schamlos er den Riesen verraten hatte, an den schrecklichen Mord, dessen er schuldig war, und irgendwann fühlte ich mich von all dem Hin und Her regelrecht krank, wenigstens in moralischer Hinsicht, was noch schlimmer wurde, wenn ich mit meinen Kindern zusammen war, das

Frühstück für sie vorbereitete, mit ihnen in den Park ging oder ihnen bei den Hausaufgaben half. Es schien mir unfassbar, dass auch sie mit Oriol verwandt sein sollten, dass auch ihr Blut, nicht nur meins, einen Anteil von Oriols trübem Blut enthalten sollte. Mehr noch war es beschämend, ich fühlte mich – uns – dadurch beschmutzt, bis ich mir irgendwann sagte, dass ich, so unangenehm ein Zusammentreffen auch wäre, meinen Mut zusammennehmen und nach Prats de Molló fahren müsse, um meinen Großonkel, dieses Schwein von einem Verwandten, der leider nicht 1939 in den Pyrenäen gestorben war, im Gefängnis zu besuchen. Es war schlimm genug, dass er in dieser Weise in das Leben meiner eigenen Familie eingedrungen war; andererseits bliebe diese Geschichte ohne ein Treffen mit ihm unvollständig. Zudem wurde mir immer klarer, dass es unverantwortlich wäre, wenn ich, der ich als Einziger aus unserer Familie die Gelegenheit hatte, die ganze Wahrheit über Oriol zu erfahren, diese Begegnung nicht zustande kommen ließe. Und genau da fiel mir die Gedichtzeile aus dem russischen Film wieder ein, die sich mir, warum auch immer, so tief ins Gedächtnis eingeprägt und im Lauf der Zeit eine ganz besondere Bedeutung angenommen hat, die auch im Zusammenhang mit dieser Geschichte steht und mit der Vorstellung, dass Geschichten so lange Bestand haben, wie man sie zu einem Teil seines Lebens macht, in ihnen verweilt: »Er lebt in dem Haus, und das Haus wird bestehen.« Und kaum hatte ich mir diese Zeile vorgesprochen, bestieg ich unser Auto und machte mich auf den Weg nach Prats de Molló. Mit dabei hatte ich einen Ortsplan, den ich mir wieder einmal aus Google Maps heruntergeladen hatte. Darauf war eingezeichnet, wie man auf dem schnellsten Weg zu der Adresse gelangte, die mir die Frau von der Polizeidienststelle in Serralongue genannt hatte. Auf der Karte wurde sie durch einen fröhlich violetten Punkt angezeigt, der nicht so recht zu der Funktion des angezeigten Gebäudes passte, schließlich handelte es sich um das Gefängnis, in dem Oriol, genau besehen, den größten Teil seines Leben zugebracht hatte. Es war der 18. Februar, und ich wusste, wie schon gesagt, nicht, dass an diesem Tag in Prats de Molló das Bärenfest gefeiert wurde; doch schon als ich am Ortsrand ankam, war klar, dass etwas Ungewöhnliches im Gange war. Auf den Straßen drängten sich die Leute, und ich sah mich gezwungen, den Wagen stehen zu lassen und den Weg bis zum Gefängnis, wenn auch weiterhin meiner Karte folgend, zu Fuß fortzusetzen. Alles schien sich gegen mich verschworen zu haben und mich von meinem anmaßenden Vorhaben, inmitten dieses lärmenden Volksfestes meinen Großonkel zu treffen, abbringen zu wollen. Die vielen ausgelassen feiernden Leute um mich herum versetzten mich erst recht in finstere Stimmung, und als ich schließlich, den Kopf und die Schultern voller Konfetti, beim Gefängnis ankam, musste ich fast schreien, um mich verständlich zu machen und zu erklären, was mich hierherführte, so laut war das Geschrei der Leute draußen auf der Straße, das sich mit der dröhnenden Musik einer Blaskapelle vermischte. »Sie wünschen?«, fragte der Beamte in Polizeiuniform hinter dem Schreibtisch und unterbrach für einen Augenblick den

Schwatz, in den er mit zwei ebenfalls Uniform tragenden Kollegen vertieft war, eine durchaus fröhliche Plauderei, wie es schien, denn immer wieder tauchten Worte wie *putain* oder *mamelon* darin auf, die keinen Zweifel an dem Thema zuließen, das die drei beschäftigte. Ich erklärte kurz, was ich wollte, und entschuldigte mich schon im Voraus dafür, dass ich keinen Termin vereinbart, ja, so zwingend notwendig das gewesen wäre, mir nicht einmal die Mühe gemacht hatte, herauszufinden, welche Tage – welche Wochentage oder welche Tage im Monat – für einen derartigen Termin überhaupt infrage kamen. Als der Mann daraufhin eine ganze Reihe dramatischer *ohlàlà!* auf mich niedergehen ließ, gab ich zu, dass es naiv gewesen sei, einfach so aufs Geratewohl hier zu erscheinen, bat jedoch im gleichen Atemzug, er möge meine Lage verstehen, »schließlich geht es um einen Verwandten von mir, den wir jahrelang für tot gehalten haben; als ich erfahren habe, dass er noch lebt, war ich so aufgeregt, dass ich bloß noch losfahren und ihn sehen wollte«, sagte ich meinerseits so theatralisch, dass ich selbst überrascht war, welchen Eindruck ich damit machte. Der Beamte wechselte einen Blick mit seinen Kollegen, deren ausgelassene Heiterkeit nahezu verschwunden war, während ich meinen Fall dargelegt hatte; sie waren jetzt bloß noch zwei ernst, ja geradezu bestürzt, um nicht zu sagen finster dreinblickende Polizisten. »Da haben Sie sich ja wirklich genau den richtigen Tag ausgesucht, um Ihren Großonkel kennenzulernen ...«, sagte der Beamte jetzt und fügte hinzu: »Aber mal sehen, was sich machen lässt.« Dann stand er auf und verschwand hinter einer Tür, während seine Kollegen, denen das Lachen inzwischen endgültig vergangen war, sich diskret zurückzogen und mich mir selbst und dem Lärm, der von der Straße hereindrang, überließen. Auf einmal wurde ich sehr nervös und hätte mir fast gewünscht, der Beamte würde wieder in der Tür erscheinen, um mir mitzuteilen, dass es ihm leidtue, aber ich solle doch bitte an einem anderen Tag wiederkommen und mir unbedingt vorher einen Termin geben lassen, oder aber er möge verkünden: »Monsieur, leider liegt hier ein Missverständnis vor, Ihr Großonkel ist schon vor zwanzig Jahren gestorben, aus irgendeinem Grund hat jedoch niemand daran gedacht, seinen Namen in die entsprechende Liste einzutragen.« Nichts dergleichen geschah aber, vielmehr kehrte der Polizist nach fünfzehn unendlich langen Minuten zurück und teilte mir mit, obwohl es eigentlich nicht den Vorschriften entspreche, sei der Direktor des Gefängnisses bereit, eine Ausnahme zu machen, und erlaube mir folglich, meinen Verwandten zu sehen. »Das wollten Sie doch, oder?«, sagte der Mann, als er das Erschrecken auf meinem Gesicht bemerkte. »Kommen Sie bitte«, sagte er dann energisch und trat hinter seinem Schreibtisch hervor, um die Tür anzusteuern, durch die ich zu Beginn hereingekommen war. Die Verwirrung über das, was in der folgenden Viertelstunde geschah, sollte mehrere Monate anhalten, in denen es mir nicht gelang, die Erlebnisse dieses einen Tages auch nur halbwegs zu verarbeiten. Auf der Rückfahrt nach Barcelona saß ich wie ein Roboter am Steuer, während ein hartnäckiger Schneeregen auf das

Auto niederging, und als ich einige Tage darauf ein wenig die Benommenheit hatte abstreifen können, in die mich der Besuch bei Oriol versetzt hatte, sagte ich mir, es sei höchste Zeit, das alles dem Riesen zu erzählen. Novembre war der einzige Mensch, der mir helfen konnte, mit dem, was ich in Prats de Molló erlebt hatte, fertig zu werden, außerdem hatte ich das Gefühl, die Geschichte zu einem befriedigenden Abschluss bringen zu können, indem ich ihm erzählte – falls er es tatsächlich nicht wusste –, wer sein Freund in Wirklichkeit gewesen war. Dabei wollte ich ihm nicht verschweigen, dass er ihn verraten und andere überfallen und ein Mädchen ermordet hatte und dass das, was der Ziegenhirte aus Toulouges gesagt hatte, nicht stimmte, schließlich hatte ich meinen Großonkel gerade erst leibhaftig vor mir gesehen. Weshalb ich mich also zum x-ten Mal mit dem Auto auf den Weg nach Lamanère machte. Ich wollte diese Last unbedingt mit Novembre teilen, schließlich ging ich schon seit Tagen nur noch gedankenverloren und ziellos in unserer Wohnung hin und her, während meine Frau mir immer öfter die Frage stellte, ob ich es mit diesem Großonkel nicht ein wenig übertreibe. »Warum vergisst du das Ganze nicht einfach?«, hatte sie irgendwann gefragt, woraufhin ich zu mir selbst gesagt hatte, alles dem Riesen zu erzählen, könne vielleicht ein Weg sein, mich von der Sache zu befreien. Als ich jedoch nach Lamanère kam, merkte ich gleich, dass etwas nicht stimmte. Es war Dienstagmittag und die Bar geschlossen, vor dem Haus des Riesen dagegen sah ich schon von Weitem drei Männer stehen und rauchen, für ein kleines Dorf wie Lamanère, wo sonst nie etwas los war, war das geradezu ein Massenauflauf – all das verhieß nichts Gutes. »Der Riese ist tot«, murmelte ich betroffen; kaum hatte ich den Gedanken ausgesprochen, schien er mir jedoch völlig unsinnig, das wäre einfach zu viel des Bösen gewesen. Als ich näher herankam, konnte ich erkennen, dass es sich bei den drei Männern um Hirten handelte, einen von ihnen, einen schmächtigen Alten, hatte ich schon einmal irgendwo gesehen, als er inmitten seiner Ziegenherde stand. Jetzt warf er mir einen zweideutigen Blick zu, der etwas Vorwurfsvolles und zugleich Mitleidiges hatte, als mich daraufhin jedoch auch der Blick der anderen beiden traf, hatte ich das Gefühl, mehr als alles andere drücke sich in ihren Blicken ihre Trauer aus; darüber hinaus stellte ich in diesem Augenblick allerdings auch fest, dass alle drei ganz genau wussten, wer ich war. Meine Besuche bei dem Riesen waren also viel stärker wahrgenommen worden, als ich mir eingebildet hatte; bestimmt hatte man auch immer wieder darüber geredet, möglicherweise mit spöttischem Unterton, so wie seinerzeit über die Beziehung zwischen Novembre und meinem Großonkel. Ich erinnerte mich noch gut an die Geschichte von »La bête et le petit soldat«, die die Frau von der Bar mir – ganz bestimmt nicht ohne Hintergedanken – erzählt hatte, vielleicht nannte sie mich meinerseits »Le petit neveu du petit soldat«, den kleinen Neffen des kleinen Soldaten. All das ging mir durch den Kopf, während ich zwischen den dreien hindurch auf die Haustür zuging und sie dabei unsicher mit einem *bonjour* begrüßte; aber warum eigentlich *bonjour*, wäre stattdessen nicht eher so etwas wie »Es tut mir so leid«, »Wie konnte das nur auf einmal passieren?« oder auch »Gut, dass er jedenfalls seinen Frieden gefunden hat« angemessen gewesen? Denn noch bevor ich die Tür erreicht hatte, war ich mir sicher, dass tatsächlich »zu viel des Bösen« geschehen war und dass meine »absurde Annahme« von vorhin zutraf. Beim Eintreten erblickte ich die Landstreicherin, die neben dem auf dem Boden beziehungsweise einer dünnen Matratze liegenden Riesen kniete und versuchte, einen von dessen gewaltigen Füßen in einen nicht weniger gewaltigen Stiefel zu stecken. Das Gesicht des Riesen zeigte derweil den unverkennbaren Ausdruck von jemandem, der friedlich verstorben ist. Wie er da auf dieser Matratze lag, wirkte Novembres Körper noch größer. Die Matratze musste ihm als Bett gedient haben; ich hatte nie darüber nachgedacht, wo mein Freund eigentlich schlief, was er die Nacht über mit seinem riesigen Körper anstellte. Die Landstreicherin bemerkte mich sofort. Genau wie die Hirten bedachte sie mich mit einem zweideutigen Blick, setzte dann aber ihre Arbeit fort, bis sie den Fuß schließlich in dem Stiefel untergebracht hatte. Ich stand daneben und konnte mich nicht dazu durchringen, ihr zu helfen, ich kam mir fehl am Platz vor, vor allem aber war ich tief bewegt von dem Tod dieses Mannes, den ich im Lauf der Zeit schätzen gelernt, mit dem ich mich angefreundet hatte. Was mich am stärksten traf, war jedoch, dass er genau an diesem Tag gestorben war, unmittelbar bevor ich ihm hätte erzählen können, was ich über Oriol herausgefunden hatte. Ich war bestürzt, weil Novembre mich allein gelassen hatte, er hatte mich auf Oriols Fährte gebracht, mich in diese unangenehme Geschichte verwickelt und zuletzt in aller Seelenruhe damit sitzen lassen. Als die Landstreicherin nach dem zweiten Stiefel griff und anfing, ihn über Novembres anderen Fuß zu zwängen, wurde mir auf einmal schwindlig, der Magen drehte sich mir um, und ich wusste, dass ich der Frau eigentlich hätte helfen müssen, aber ich fühlte mich immer noch außerstande, mich in diesem Augenblick neben ihr auf den Boden zu knien, neben dieser Frau, die mit dem gewaltigen Fuß in ihrem Schoß winzig klein wirkte. Ein nackter, schmutziger, gelblicher Fuß, der allein so groß war wie der ganze Oberkörper der Frau, ein mitleiderregender und zugleich zum Lachen komischer Anblick; der eine riesige Fuß besagte alles über diesen Koloss von einem Mann, der, so grandios er gewesen war, ein elendes Leben geführt hatte. Irgendwann schaffte es die Landstreicherin dann, auch diesen Fuß – ohne Strumpf – in einem halb ruinierten Stiefel verschwinden zu lassen. Als sie die Schuhbänder verschnürt hatte, warf sie mir erneut einen Blick zu, der jedoch weniger zweideutig war, in ihm lagen Überdruss und Groll; ich konnte ihr an den Augen ablesen, dass meine Anwesenheit ihr zuwider war. Wortlos ging sie hinaus und gesellte sich zu den drei Hirten, während ich immer noch hilflos neben dem Riesen stand. Dieser lang hingestreckte Körper war mein Freund, er stellte aber auch den Abschluss der Geschichte dar, in die er mich eingeführt hatte, das Ende der kurzen Zeit, die wir zusammen verbracht hatten, den Schlusspunkt einer durch den

Zufall eingeleiteten Entwicklung, die es mir ermöglicht hatte, Oriols anderes Leben aufzudecken. Das alles ging mir durch den Kopf, während ich den toten Novembre betrachtete, auch der Gedanke, dass, wäre ich zu einem späteren Zeitpunkt in Argèles-sur-Mer gewesen, erst nach dem Tod dieses Riesen, mir niemand den Brief und das Foto zugesteckt hätte. Dann wäre auch diese Geschichte verloren gegangen, hätte nie existiert, wäre gewesen wie das unbewohnte Haus aus dem russischen Film. Es wäre mir auch versagt geblieben, herauszufinden, dass Oriol nicht 1939 gestorben war – stattdessen hätte ich mich in aller Ruhe weiter mit der so viel einfacheren Geschichte abgefunden, die wir uns seinerzeit auf La Portuguesa zurechtgelegt hatten. Und auch wenn ich mir bis heute nicht sicher bin, ob es wirklich besser ist, jetzt all das zu wissen, war ich in dem Augenblick, als ich ganz allein neben dem Leichnam des Riesen stand, dankbar dafür, dass es so gekommen war. Innerlich bedankte ich mich bei Novembre und der schauerlichen rachsüchtigen Landstreicherin und bei dem Zufall, der uns zusammengeführt hatte, und der Geschichte, die wir, ob wir es wollten oder nicht, schließlich gemeinsam bewohnt und zu unserem Haus gemacht hatten, bei diesem Abenteuer, das in Prats de Molló, an dem Tag, an dem ich endlich Oriol gegenüberstand, seinen Abschluss gefunden hatte. Dankbar und in Frieden nahm ich nun Abschied und wusste, dass es an der Zeit war zu gehen. Meine Anwesenheit dort war überflüssig; was auch immer ich den anderen jetzt anzubieten hätte, Hilfe oder auch bloß mein Beileid, es würde nur stören und ihren

Widerwillen hervorrufen. Gerne hätte ich allerdings gewusst, wie sie es wohl anstellen würden, diese riesige Leiche aus dem Haus zu schaffen, wie sie den toten Novembre bis zu der Stelle befördern würden, an der sie ihn beerdigen wollten. Doch mir kam nichts anderes zu, als fortzugehen, mich mit einer leichten Verbeugung wortlos zu verabschieden und keinerlei Fragen zu stellen, erst recht nicht die, die mir zuletzt durch den Kopf gegangen waren und mich als gefühllosen Idioten hätten dastehen lassen. Bevor ich tatsächlich das Haus verließ, drängte es mich jedoch plötzlich, den toten Novembre zu berühren. Während der ganzen Zeit war es zwischen uns kein einziges Mal zu einem körperlichen Kontakt gekommen, nicht einmal die Hand hatten wir uns gegeben, und das jetzt nachzuholen, Novembre an diesem Tag zum ersten und letzten Mal zu berühren, schien mir eine gute Art, von ihm Abschied zu nehmen. Ich ging neben ihm in die Hocke und legte meine Hand auf die seine, und ich hätte mich wohl tatsächlich kaum besser bei ihm bedanken und von ihm verabschieden können als mit dieser kurzen und sehr wohltuenden Berührung. Als ich aus dem Haus trat, traf ich auf die feindseligen Blicke von Novembres vier Bekannten. »Bist du fertig?«, fragte die Landstreicherin boshaft und schaffte es damit, die friedliche Stimmung, in der ich fortgehen wollte, zu beschädigen. Andererseits ermunterte sie mich, es ihrer Gefühllosigkeit gleichzutun und ihr, oder auch den anderen dreien, mit der Frage zu antworten, wo sie Novembre eigentlich zu beerdigen gedächten. Die Landstreicherin bedachte mich mit einem ihrer mir längst bekannten Blicke voller Sarkasmus und sagte: »Da, wo er gestorben ist.« Um hinzuzufügen, während sie sich, vielleicht auf der Suche nach einer Zigarette, die Kleidung abtastete: »Das hat man mit den Riesen schon immer so gemacht.«

In Prats de Molló hatte ich beschlossen, dem Riesen später, wenn es so weit wäre, alles, was ich dort zu sehen bekäme, zu erzählen, aber selbstverständlich nicht, um mich anschließend mit ihm auf irgendwelche Diskussionen darüber einzulassen. Ich erwartete andererseits auch keinerlei Beurteilung oder Ratschläge oder wie auch immer gearteten moralischen Beistand von ihm – schließlich war der Riese, wie ich schon mehrfach erwähnt habe, durchaus ein wenig beschränkt. Ich wollte ihn einfach nur wissen lassen, dass Oriol noch am Leben war und dass ich ihn gesehen hatte; allerdings frage ich mich jetzt, wo der Riese gestorben ist, bevor ich mein Vorhaben verwirklichen konnte, ob es wirklich etwas genützt hätte, wenn auch er gewusst hätte, was ich heute weiß, oder ob es nicht besser ist, dass er starb, ohne davon zu erfahren. Wie dem auch sei, vor Ort, in Prats de Molló, hatte ich jedenfalls vor, ihm später alles zu erzählen. Mit diesem Hintergedanken im Kopf ging ich hinter dem Polizisten her, obwohl das in Wirklichkeit bloß ein Vorwand war, eine Abwehrreaktion, ein Versuch, Novembre in die Verantwortung mit einzubeziehen, damit ich, wenn ich Oriol schließlich vor mir hatte, nicht so allein dastünde. »Gehen Sie immer hinter mir her, und passen Sie auf, dass Sie mich nicht aus den Augen verlieren«, hatte der Polizist gesagt, als wir den Gefängniseingang hinter uns ließen und sich vor uns die Straße darbot, auf der sich die Leute im Licht einer seltsam uneindeutigen Sonne drängten, ganze Familien, die alle demselben Ziel entgegenstrebten, auf den Hauptplatz des Ortes zu, wo offenbar auch die Blaskapelle spielte, die bis hierher zu hören war. Manche blieben eine Zeit lang an einem Stand stehen, um das Angebot zu betrachten, oder sie versuchten, sich mit Hilfe eines Ortsplans Übersicht zu verschaffen, oder waren damit beschäftigt, sich etwas zuzurufen oder ihre Kinder zusammenzuhalten. Es war also nicht gerade einfach für mich, den Polizisten nicht aus den Augen zu verlieren. Auch er wusste das und drehte sich in dem Gedränge immer wieder nach mir um, und das machte er so geschickt, mit einem so minimalen Körpereinsatz, wie es nur einem Polizisten möglich ist, der langjährige Erfahrung mit der Verfolgung von Menschen hat – selbst wenn sich der Betreffende hinter dem Verfolger befindet: Ihm genügte eine winzige Drehung des Halses, eine kaum merkliche Kopfbewegung, ein flüchtiger Blick aus dem Augenwinkel, um mich jederzeit hundertprozentig unter Kontrolle zu haben. »Wohin gehen wir?«, fragte ich, kaum dass wir das Gebäude verlassen hatten, weil ich immer weniger verstand, was hier eigentlich vor sich ging. »Ihr Großonkel macht bei einer Gruppe mit, die im Auftrag der Gemeinde gemeinnützige Arbeiten ausführt. Heute ist er außerhalb des Gefängnisses im Einsatz«, sagte der Polizist, und da fiel mir wieder ein, was die Frau auf der Polizeidienststelle in Serralongue erzählt hatte, diese Geschichte mit den Vergünstigungen für Häftlinge mit guter Führung, obwohl im Fall meines Großonkels, der im Jahr 1918 geboren war, gute Führung vor allem in Passivität und Untätigkeit bestehen dürfte, wie es Menschen in solch hohem Alter entspricht. Das sagte ich zu mir, während ich mich weiterhin dicht bei dem Polizisten hielt. Das Stimmengewirr um uns herum, das Dröhnen der Blaskapelle, die ständigen Richtungswechsel, die wir vollzogen, indem wir uns durchs Gewühl schlängelten, all das erschwerte es mir, mit dem Polizisten ins Gespräch zu kommen, doch ich wollte so viel wie nur irgend möglich wissen, bevor der Augenblick kam, in dem ich meinem Großonkel gegenüberstand. Ich wollte unbedingt vorbereitet sein, bereit, ihn anzusehen und ihm ein paar Fragen zu stellen und dann wieder zu verschwinden. Gleichzeitig war ich fest entschlossen, auf keinen Fall eine engere Beziehung zwischen mir und diesem Verbrecher entstehen zu lassen, und erst recht nicht wollte ich ihm irgendwelche Hoffnungen darauf machen, dass sich die Verbindung zur Familie womöglich wiederherstellen ließe. Alles, was ich wollte, war ihn sehen, ihn zwei, drei Dinge fragen und dann fortgehen und nie wieder Kontakt zu ihm aufnehmen, wobei »nie wieder« angesichts seines Alters ohnehin nur eine ganz kurze Zeit bedeuten konnte. »Und was hat mein Großonkel heute zu tun?«, fragte ich, sobald sich die Gelegenheit bot – wir standen gerade an einer Kreuzung und mussten ein Fahrzeug der Stadtverwaltung durchlassen, das in dem Gedränge nur Schritttempo fahren konnte. »Heute haben sie ihn auf den Hauptplatz beordert«, lautete die Antwort, und da der Transporter immer noch nicht an uns vorbei war, nutzte ich meine Chance und fragte weiter: »Ist das da, wo die Musik herkommt?« – »Ganz genau«, sagte der Polizist und lächelte freundlich, nur um sich gleich darauf wieder in Bewegung zu setzen, denn der Transporter hatte die Kreuzung endlich passieren können, dabei allerdings eine dicke Abgaswolke zurückgelassen, von der ich husten musste, was mich nicht nur aus dem Tritt, sondern auch um die Gelegenheit brachte, zu fragen, was denn, um Himmels willen, ein zu lebenslanger Haft verurteilter Mörder wie mein Großonkel an einem Festtag wie diesem auf dem Hauptplatz des Ortes verloren hatte. Diese Frage hatte ich eigentlich nur stellen wollen, um mir bestätigen zu lassen, was ich bereits messerscharf geschlossen hatte, dass nämlich die »gemeinnützige Arbeit« darin bestand, mit dem städtischen Blasorchester zu musizieren. Das war schließlich, soweit ich wusste, die einzige Fähigkeit, mit der er aufwarten konnte, auch wenn ich mir nur schwer vorstellen konnte, wie sich in dieser Ansammlung lauthals trötender Blechbläser ein Klavier unterbringen lassen sollte. Während ich versuchte, zu dem Polizisten aufzuschließen, der inzwischen mehrere Meter Vorsprung hatte, sich aber weiterhin als ein Meister in der Kunst des Verfolgens erwies, sagte ich mir, dass es andererseits zum Brüllen komisch war, dass Oriol als Begleiter dieser lärmenden Dorfmusik auftrat: Jahrzehntelang hatten wir uns in unserem Exil auf La Portuguesa die Prophezeiungen von Oriols Bruder Arcadi angehört, die besagten, dass jener eines Tages als gefeierter Pianist in Mexiko Einzug halten werde; jahrzehntelang hatten wir uns vorgestellt, wie er im maßgeschneiderten schwarzen Anzug auf der Plantage erscheinen würde, unterm Arm eine kleine Aktenmappe mit seinen gesammelten Partituren. So lange und so heftig hatten wir uns an diese Vorstellung geklammert, an diese Erfindung meines Großvaters, dass uns schließlich, abgesehen von der sehr viel wahrscheinlicheren Möglichkeit, dass Oriol eben doch 1939 in den Pyrenäen ums Leben gekommen war, gar nichts anderes mehr denkbar erschienen war, und das, obwohl mein Großvater seine Theorie einzig und allein darauf stützte, dass sein Bruder, bevor er sich freiwillig den Truppen der Republik angeschlossen hatte, in Barcelona Klavierunterricht gehabt hatte. In Wirklicheit war er niemals außerhalb der Klassenräume der Musikhochschule mit seinem Instrument in Erscheinung getreten, nicht einmal als der typische Musikus der Familie, der durch seine Künste das häusliche Beisammensein verschönert, wie Arcadi, wenn wir ihn nach seinem Bruder befragten, selbst zugab, ohne sich klarzumachen, dass er damit eigenhändig die Lunte an den von ihm geschaffenen Mythos legte. Das war alles, mehr Material, um die schöne Vorstellung von Oriol als einem in ganz Südamerika verehrten Klaviervirtuosen zu untermauern, gab es nicht. Es war also durchaus möglich, dass Oriol es überhaupt nicht bis zum ausgebildeten Pianisten gebracht hatte, vielleicht hatte er sich zwar an der Musikhochschule eingeschrieben, aber nie mehr als eine Handvoll Unterrichtsstunden besucht, vielleicht sogar nicht einmal das. Unterlagen, die es belegen könnten, sind nicht vorhanden, alles, was es gibt, ist die Aussage seines Bruders, der ebenso gut hätte behaupten können, Oriol sei Schriftsteller oder Alchemist oder spanischer Tennismeister gewesen. Aber wie auch immer, jedenfalls spielte dieser Mythos in unserer während all der Jahre gepflegten Vorstellung von Oriol eine große Rolle, und es hatte etwas durchaus Komisches – so tieftraurig und deprimierend es andererseits war –, dass Oriol in diesem Augenblick tatsächlich ein Instrument spielte, wenn auch nicht Klavier, dann eben vielleicht Klarinette. Oder aber er stand als Dirigent vor dieser Ansammlung energiegeladener Dorfmusikanten, die mit ihrem ohrenbetäubenden Lärm die Straßen des Ortes überfluteten, als wäre irgendwo ein tönender Damm gebrochen. Laut genug war es allemal, um zu verhindern, dass ich den Polizisten fragte, was mein Großonkel in diesem Augenblick auf dem Hauptplatz des Städtchens trieb. »Gehört mein Großonkel etwa zu der Blaskapelle, die da einen solchen Krach veranstaltet?«, hätte ich zu dem Polizisten gesagt, und diese Frage war nicht nur berechtigt, sondern für mich auch von größter Wichtigkeit, schließlich ging es darum, mich, und sei es in letzter Sekunde, auf die Begegnung mit meinem Verwandten vorzubereiten. »Wie kann solch ein Unmensch Musiker sein?«, auch das eine berechtigte Frage, deren Antwort unmittelbar bevorstand, schließlich kamen wir der Musik immer näher, während ich mir immer schneller einen Weg durch die Menge bahnte und dabei den Polizisten nicht aus den Augen ließ. Als ich ihn fast erreicht hatte, als ich ihn gerade, in womöglich übertriebener Zutraulichkeit, am Arm fassen wollte, um ihn nach diesen für mich so wichtigen Dingen zu fragen, genau in dem Moment, als ich die Hand ausstrecken wollte, stolperte ich, und um nicht der Länge nach hinzuschlagen, stützte ich mich instinktiv bei einem Mann neben mir ab, der sehr viel kleiner war als ich, und fast hätte ich ihn mit zu Boden gerissen. Zuletzt ging aber alles gut, wir schafften es beide, uns aufrecht und im Gleichgewicht zu halten, woraufhin ich mich bei ihm entschuldigte und er mir höflich versicherte, es sei ja gar nichts passiert. »Alles in Ordnung bei Ihnen?«, fragte er sogar noch, wohlerzogen, wie er offenkundig war, und kehrte dann zu seinen Leuten zurück, hakte sich bei seiner Frau unter, um gemeinsam den fröhlichen Spaziergang durch die festlich geschmückte Dorfstraße fortzusetzen. Es war tatsächlich nichts passiert, mehr als ein harmloser Stolperer war es nicht gewesen, und doch hatten die wenigen Sekunden genügt, und ich hatte den Polizisten aus den Augen verloren. Da stand ich nun und sah mich suchend nach ihm um, von der Furcht erfüllt, ihn nicht wiederfinden zu können und damit auch die Gelegenheit zu verpassen, Oriol zu sehen zu bekommen. Bis zu diesem Augenblick war ich mir keineswegs sicher gewesen, ob ich das tatsächlich wollte, nun aber schien es mir auf einmal unverzichtbar, keine Frage, ich musste unbedingt bis zu Oriol gelangen, ohne diese Begegnung bliebe die Geschichte, mit deren Wiederherstellung ich seit Monaten beschäftigt war, unvollständig und unbewohnt wie das Haus in dem russischen Film, für immer verloren. So stand ich da und ließ den Blick schweifen, ohne mich vom Fleck zu rühren, in der Hoffnung, der Polizist werde mich schon bald mit einem seiner meisterlichen Rundblicke aus der Menge herausfischen, doch die Zeit verging, und nirgendwo erschien das Netz des Meisters, so dass ich mir irgendwann sagte, das Beste sei es unter diesen Umständen, mich einfach von der Menge weiter vorwärtstreiben zu lassen, schließlich erweiterte sich die schmale Straße, in der ich mich befand, an ihrem Ende offensichtlich zu etwas Platzartigem; das war schon daran zu erkennen, dass die Leute, die sich hier noch dicht zusammendrängten, bei jener Stelle angekommen auf einmal auseinandertraten. Und auch dass die Musik immer lauter wurde, je näher wir dem Ende der Straße kamen, legte den Schluss nahe, dass sich dort der Hauptplatz befand. Da fiel mir der Plan wieder ein, den ich mir bei Google Maps ausgedruckt hatte, um den Weg bis zum Gefängnis zu finden, er steckte immer noch in einer meiner Taschen, und allzu weit hatten wir uns vom Gefängnis ja noch gar nicht entfernt; wenn ich wüsste, wie die Straße hieß, in der ich mich gerade befand, würde ich mühelos nachprüfen können, ob an ihrem Ende tatsächlich ein Platz lag. Doch während ich den Blick noch über die Hauswände gleiten ließ, um ein Schild mit dem Namen der Straße ausfindig zu machen, und zugleich auf der Suche nach dem Plan meine Taschen abtastete, stand plötzlich der Polizist vor mir. »Ich habe doch gesagt, Sie sollen mich im Auge behalten«, erklärte er und, ohne mir Zeit für eine Erwiderung zu lassen, setzte er sich erneut, mir vorausgehend, in Bewegung, woraufhin mir nichts anderes übrig blieb, als ihm eilig hinterherzulaufen, um ihn bloß nicht ein zweites Mal aus den Augen zu verlieren. Wieder versuchte ich mich so geschickt wie er zwischen den Leuten hindurchzuschlängeln; seine Schrite waren so passgenau und zielstrebig, dass es ihm gelang, in dem Gewühl vorwärtszukommen, ohne jemals das Tempo verringern zu müssen. So gelangten wir schließlich ans Ende der Straße, wo sich tatsächlich ein Platz auftat. Von verschiedenen Seiten mündeten Straßen in ihn ein, und in der Mitte ballte sich die Menge zu einem begeistert kreischenden Pulk zusammen, der es schaffte, zeitweilig selbst die dröhnende Musik der Blaskapelle zu übertönen, die, wie erwartet, genau dort ihren Auftritt hatte. Acht Musiker standen auf einem kleinen Podest, das die Menschenmasse um sie herum um etwa einen halben Meter überragte, allesamt bekleidet mit blauen Uniformjacken, und das Stück, das sie spielten, war eine Art Sardana, die sich vor allem durch eine ausgeprägte Melancholie auszeichnete. Ohne den Polizisten aus den Augen zu lassen, der entschlossen auf die Musiker zusteuerte, versuchte ich trotzdem deren Gesichter auszumachen, was mir aber, kurzsichtig, wie ich nun einmal bin, und trotz meiner Brille, aus der Entfernung, die immer noch zwischen uns und ihnen bestand, so gut wie unmöglich war. Doch auch so warf ich immer wieder hastig einen Blick in Richtung der acht verschwommenen Gesichter und verspürte dabei eine zunehmende Leere im Magen, schließlich konnte jedes von ihnen zu Oriol gehören, ja womöglich befand ich mich bereits, ohne es zu merken, Auge in Auge mit meinem Großonkel, dem schwarzen Schaf unserer Familie, dem schlimmsten Schmutzfleck auf meinem Stammbaum. Da sagte ich mir, dass es, so nahe ich auch herankäme, keineswegs einfach sein würde, Oriol zu erkennen, schließlich war das Foto von ihm, das die Frau in Serralongue mir gezeigt hatte, vor mehreren Jahrzehnten aufgenommen worden – vor meiner Geburt, um genau zu sein –, wie sollte ich ihn da wohl erkennen? Mittlerweile hatten wir, ich immer im Schlepptau des Polizisten, mehr als die Hälfte des Platzes hinter uns gebracht und befanden uns jetzt so nahe an den Musikern, dass ich feststellen konnte, dass so gut wie keiner von ihnen als jung zu bezeichnen war, und mein nächster Gedanke war, dass Oriol eigentlich viel zu alt war, um vor aller Augen auf einem Platz wie diesem zu sitzen und ein Blasinstrument zu spielen – oder doch nicht?, machte ich sofort wieder einen Rückzieher, vielleicht hatte ihn das Leben eines Wilden, das er schließlich über eine beträchtliche Zeit hinweg geführt hatte, so hart und ausdauernd und widerstandsfähig gemacht, dass es ihm keinerlei Mühe bereitete, auf Klarinette, Englischhorn, Tuba oder welchem Blasinstrument auch immer Stück auf Stück folgen zu lassen. Das waren meine Gedanken, während ich mich weiterhin bemühte, die Gesichter auf der kleinen Tribüne zu erkennen, der wir, immer wieder überraschende Haken schlagend, näher und näher kamen; irgendwannn konnte ich die von der Anstrengung verzerrten Züge jedes einzelnen der Musiker unterscheiden, die prallen Backen, die an Stirn und Schläfen hervortretenden Adern. Schließlich war ich ihnen wirklich ganz nahe, und in meinem Magen herrschte völlige Leere, und umso heftiger schlug mein

Herz bei der Aussicht, dass schon im nächsten Moment der Blick eines dieser acht Musiker meine Augen durchbohren und der Funken überspringen und blitzartig die Erkenntnis eintreten könnte: Der da gehört zu deinen Leuten – erkennst du dich in ihm wieder? So weit war ich in diesem Moment, und wie hypnotisiert von den acht Augenpaaren mir gegenüber, doch da verlangsamte der Polizist vor mir auf einmal den Schritt und brachte, als wir auf gleicher Höhe waren, seinen Mund an mein Ohr – schließlich herrschte, so nahe, wie wir den Musikern inzwischen waren, ein Höllenlärm: »Irgendwo da drüben muss Ihr Großonkel sein«, schrie er und wies mit der Hand auf einen Bereich ein gutes Stück jenseits der Bühne. »Da hinten?«, brüllte ich ihm meinerseits ins Ohr und war völlig verwirrt, weil er soeben meine ganze Musikergeschichte zunichte gemacht hatte. Auch wenn ich daran immer schon selbst meine Zweifel gehabt hatte, war sie mir, wenigstens während ich mich auf die Tribüne zukämpfte, durchaus möglich, vorstellbar, ja wünschenswert erschienen, denn hätte ich Oriol in eine blaue Uniformjacke gekleidet und mit aller Kraft in ein Englischhorn blasend vor mir gesehen, hätte das seine schauerliche Biographie doch wenigstens teilweise in ein anderes Licht getaucht, seinem Leben einen winzigen Glanzpunkt aufgesetzt. »Er ist ein Mörder und ein Ungeheuer, aber er macht doch immerhin Musik«, hatte ich zu mir gesagt und beinahe lächeln müssen, mich dann jedoch sogleich verbessert: Angesichts der Schwere der von ihm begangenen Verbrechen fiel diese gute Tat nicht weiter ins Gewicht – »und jetzt«, folgerte ich nun, »kann Oriol sich nicht einmal hierauf berufen«. Wieder ging ich hinter dem Polizisten her, der das Tempo inzwischen verringert hatte, da sich, je näher wir der anderen Seite des Platzes kamen, die Leute immer noch dichter zusammendrängten, und als wir irgendwann für einen Augenblick gar nicht mehr weiterkamen und Seite an Seite stehen blieben, nutzte der Mann die Gelegenheit, um mir ins Ohr zu schreien: »Ihr Großonkel führt manchmal außerhalb des Gefängnisses Arbeiten für die Gemeinschaft aus – eine Türe instand setzen, eine kleine Mauer errichten, eine Straße fegen –, oder er hilft bei allem, was bei einem Fest wie diesem so anfällt.« Damit war Oriols Musikerkarriere, sein triumphaler Auftritt als Pianist des Philharmonischen Orchesters von Buenos Aires, sein Erscheinen auf La Portuguesa, mit den Partituren unterm Arm, endgültig beendet. Aber nicht nur das, damit befand er sich auch endlich da, wo er hingehörte; mein Großonkel war ein Mörder, und damit hatte es sich, er war zu lebenslanger Haft verurteilt worden, und deshalb stand es ihm nicht zu, in einer blauen Uniformjacke aufzutreten und Tuba zu spielen, im Gegenteil, den Müll aufsammeln, die Latrinen putzen, bestenfalls die Bretter für das Podest herbeischleppen, das waren genau die richtigen Arbeiten für einen wie ihn. »Kommen Sie, er muss hier irgendwo unterwegs sein«, schrie der Polizist und verschaffte sich jetzt fast gewaltsam Durchlass, und ich, um bloß nicht zurückzubleiben, um keine Sekunde mehr zu verlieren, schließlich dauerte unser Ausflug schon viel zu lange, heftete mich ihm unmittelbar auf die Fersen. Ich drängte mich sofort in die Freiräume, die er öffnete, schob erst eine Schulter, dann ein Knie oder die Hüfte vor, ging, falls nötig, zur Seite gedreht, stieß immer tiefer in die Masse der dicht an dicht stehenden Menschen vor, die bald lachten, bald wegen irgendetwas laut aufschrien, was sich offenbar weiter vorne abspielte und zugleich der Grund dafür war, dass sie sich hier dermaßen zusammendrängten. Etwas, wovon ich jedoch nichts zu sehen bekam, weil ich die ganze Zeit hinter dem Polizisten herging, darauf bedacht, zwischen uns auch nicht einen Millimeter Abstand entstehen zu lassen, war ich mittlerweile doch überzeugt, dass ich ohne ihn hoffnungslos in dem Gewühl festsäße, das mittlerweile tatsächlich so undurchdringlich geworden war, dass ich jetzt, sobald es mir gelungen war, meine Schulter in die Öffnung zwischen zwei vor mir stehenden Personen zu quetschen, die der Polizist frei gemacht hatte, jedes Mal zunächst mein eines Bein, das derweil noch in der Menschenschicht hinter mir steckte, nachziehen und der nächsten Schicht einfügen musste, um das Ganze sogleich mit dem zweiten Bein zu wiederholen. So kämpfte ich mich also Schicht um Schicht voran, als ich mich jedoch einmal, auf den empörten Ruf einer Frau hin, der ich offenbar auf den Fuß getreten war, umdrehte, um mich zu entschuldigen und ihr zu versichern, dass es unabsichtlich geschehen war, erschrak ich angesichts der riesigen Strecke, die wir bereits zurückgelegt hatten, und mir wurde bewusst, wie tief ich inzwischen tatsächlich inmitten all dieser Leute steckte. An eine Rückkehr war gar nicht zu denken, mir blieb also wirklich nichts anderes übrig, als mich an den Polizisten zu heften und zu versuchen, mit diesem zusammen auf die andere Seite des Platzes zu gelangen, wo wir offensichtlich auf meinen Großonkel stoßen würden. Doch als mir klar geworden war, in welcher Falle ich damit saß, hatte ich auf einmal das Gefühl, keine Luft mehr zu bekommen und es keine Sekunde länger in dieser Enge aushalten zu können; ich sah mich um und versuchte herauszufinden, in welcher Richtung ich mich noch am einfachsten, und sei es mit Gewalt, davonmachen könnte. Die Panik, die mich ergriffen hatte, drängte den Anlass, der mich erst in diese Lage gebracht hatte, in den Hintergrund, das Einzige, woran ich in diesem Augenblick denken konnte, war, wie ich mich aus dieser schrecklichen Umklammerung befreien könnte, und als ich schon anfangen wollte, die Arme auszufahren und buchstäblich über die Umstehenden hinwegzusteigen, packte mich der Polizist entschlossen am Arm und rief: »Immer mit der Ruhe, Ihr Großonkel ist ganz in der Nähe, bloß ein paar Meter von hier.« Damit setzte er meinem klaustrophobischen Anfall ein Ende, ich hörte auf, um mich zu schlagen, und heftete mich stattdessen wieder folgsam an die Fersen meines Führers, und nur wenige Sekunden später standen wir wie durch Zauberhand am Rand der Menge, und vor uns öffnete sich ein weiter Raum, in dem alle möglichen Leute umherliefen. Es handelte sich um die Darsteller des Schauspiels, das all die anderen Leute an dieser Stelle zusammengeführt hatte, nicht die Blaskapelle war der Grund dafür gewesen, wie ich angenommen hatte, nicht die acht Musiker, die immer noch ihre Sardana schmetterten, auch wenn diese am Rand des

Getümmels nicht ganz so laut zu hören war. Hier verwandelte sie sich fast schon in ein bloßes Hintergrundgeräusch für das Gelächter, die Schreie und begeisterten Anfeuerungsrufe, die das Schauspiel selbst hervorrief. »C'est la fête de l'ours«, sagte der Polizist und deutete auf die verkleideten Jungen, die vor uns hin und her rannten. Schreien musste er jetzt nicht mehr, dafür zeigte sich auf einmal ein Lächeln in seinem Gesicht, das sich, wie mir schien, weniger dem Fest, das er bestimmt schon oft genug miterlebt hatte, als der Erleichterung darüber verdankte, dass wir es bis hierher geschafft hatten und er nun kurz davor stand, seinen unangenehmen Auftrag zum krönenden Abschluss zu bringen. Er wirkte auf einmal so entspannt und so froh darüber, dieses Menschenmeer erfolgreich durchschifft zu haben, dass er, während er mich wie selbstverständlich in die Besonderheiten des Schauspiels einführte, in seiner Manteltasche herumwühlte, bis er einen Zigarillo zum Vorschein brachte, den er sich umgehend in den Mund steckte. Das Stück, das hier gegeben wurde, unterschied sich in nichts von anderen folkloristischen Darbietungen dieser Art, naives Volkstheater, das die Leute dennoch mit größtem Ernst verfolgten. Zwei Jungenbanden aus dem Dorf jagten einander, die einen weiß, die anderen schwarz bemalt, und was sie da taten, hatten ihre Väter, Großväter und Urgroßväter sicherlich auch schon an jedem 18. Februar des Jahres getan: Die Schwarzen verfolgten die Weißen und versuchten, ihren Handabdruck auf deren heller Haut zu hinterlassen, und die Weißen versuchten umgekehrt das Gleiche; wie der Polizist erklärte, sollte damit die Geschichte von einem Bären und einer Schäferin wiedergegeben werden. Ich fand seine Ausführungen allerdings einigermaßen unangebracht, schließlich war ich hier, um meinen Großonkel zu treffen und mich umgehend wieder aus dem Staub zu machen. Die zaghafte Sonne, die uns bis jetzt begleitet hatte, war soeben von einem Knäuel schwarzer Wolken verschluckt worden, woraufhin eisige Windstöße eingesetzt hatten. »Jetzt schneit es bald«, sagte der Polizist und stieß missmutig den Rauch seines Zigarillo gen Himmel, wie jemand, der in einer Bar im Sessel fläzt und sich über nasse Flecken an der Zimmerdecke mokiert. »Hoffentlich täuschen Sie sich, ich muss heute nämlich noch nach Barcelona zurück«, sagte ich und dachte, was für ein Vergnügen die Fahrt sein würde, wenn die Straße auch noch zugeschneit wäre. Am Morgen war schönes Wetter gewesen, da war ich gar nicht auf den Gedanken gekommen, Schneeketten mitzunehmen. »Es schneit heute noch, ganz bestimmt«, sagte der Polizist und sah mich mit genau der Mischung aus Mitleid und Geringschätzung an, wie sie Menschen, die auf dem Land leben und daran gewöhnt sind, die Zeichen der Natur zu deuten, uns Stadtbewohnern gegenüber an den Tag legen, die wir kaum je zu irgendwelchen Schlussfolgerungen dieser Art gezwungen sind: Wenn es anfängt zu regnen, spannen wir den Regenschirm auf, besteigen ein Taxi oder flüchten in die U-Bahn. In der Stadt wird die Natur so gut wie nie zu einer wirklichen Bedrohung, anders als im Gebirge, wo ein Schneesturm einem den Tod bringen kann. Kaum hatte ich das zu mir gesagt, kehrten meine Gedanken zu dem Riesen und zu Oriol zurück und zu der Sache, die mich auf diesen Platz voller Menschen geführt hatte, über den jetzt noch mehr eisige Windstöße fegten, während der Polizist weiter an seinem Zigarrillo sog und zunehmend lustlos seine Ausführungen zu Besonderheiten und Geschichte der *Fête de l'ours* fortsetzte. Irgendwann fiel mir auf, dass sich inmitten der schwarz und weiß bemalten Jungen ein Mann befand, der nichts als Lumpen am Körper hatte, darüber hinaus jedoch von Kopf bis Fuß mit einer öligen Flüssigkeit eingeschmiert war. Im völlig verklebten Bart- und Haupthaar hatten sich davon fettige Strähnen gebildet. Zwei der Jungen führten ihn an Ketten, eine war um sein Handgelenk, die andere um seinen Knöchel gelegt, weshalb er sich nur mit Mühe vorwärtsbewegte, ja immer wieder der Länge nach zu Boden fiel, was das Entzücken der Umstehenden hervorrief, die, wie ich jetzt bemerkte, die Jungen lautstark dazu aufforderten, an den Ketten zu ziehen. Den Erläuterungen des Polizisten nach sollte der Mann den Bären in dem Augenblick darstellen, in dem er von den Bauern gefangen genommen und »rasiert« worden war, was einen Menschen aus ihm machen sollte, der anschließend alle möglichen Arbeiten im Dorf zu übernehmen hatte, wie etwa eine Türe instand setzen oder Löcher in den Straßen ausbessern. Der Mann tat wirklich so, als wäre er mit genau solchen Dingen beschäftigt, er spielte sie vor, stellte sie nach, aber so, als gingen sie ihm wie selbstverständlich von der Hand, was nicht nur unglaubwürdig, sondern mehr noch lächerlich wirkte. Er schob eine Schaufel, die nur in seiner Vorstellung existierte, in einen Erdhaufen, der gar nicht vorhanden war, und jede dieser kleinen Pantomimen wurde davon begleitet, dass einer der weiß oder schwarz bemalten Jungen angelaufen kam, ihm einen Tritt in den Hintern verpasste oder ihm mit der flachen Hand an den Kopf schlug und sich wieder seiner eigentlichen Aufgabe widmete, die darin bestand, seinen Handabdruck auf einem seiner Mitspieler zu hinterlassen. Der »Bär« war also die komische und zugleich tragische Gestalt des Festes, niemand ließ sich die Gelegenheit entgehen, ihm einen Schlag zu versetzen, und die Menge feierte es jedes Mal begeistert, wenn er, auf welche Weise auch immer, zu Boden stürzte, mit dem Gesicht voraus, auf den flachen Hintern oder seitlich. Zahlreiche Dorfbewohner ließen ihm eine solche Behandlung zuteil werden, ebenso erbittert und grausam, wie sich ihre Vorfahren seinerzeit dem echten Bären gegenüber verhalten hatten, dem Untier, das die kleine Schäferin geraubt hatte. Dem armen, ölverschmierten Mann ging es um nichts besser als seinem historischen Vorbild, dazu kam aber noch, dass ihn die Lumpen, die er am Leib trug, weder vor dem Wind, der über den Platz fegte, noch vor der eisigen Kälte schützten, die, woran für mich inzwischen kein Zweifel mehr bestand, nur das Vorspiel zu dem schon bald einsetzenden Schneefall war. Wir standen noch keine fünf Minuten an dieser Stelle und sahen dem Schauspiel zu, doch die Art und Weise, wie man den Bären behandelte oder vielmehr misshandelte, schien mir kaum noch erträglich; es ging so weit, dass er inzwischen eine klaffende Stirnwunde hatte, von der das Blut herablief und sich mit der öligen

Schmiere vermischte. Es schien mir unfassbar, dass sich jemand freiwillig zu dieser Rolle hergeben sollte, andererseits, sagte ich mir, hat jedes Dorf seine eigenen Regeln und müssen bei jedem Fest bestimmte Aufgaben übernommen werden, und vielleicht war es ja eine besondere Ehre, den Bären zu spielen, eine Auszeichnung, die den Rest des Jahres über für Gesprächsstoff sorgte. Anders konnte ich mir jedenfalls nicht erklären, dass der arme Mann mir gegenüber in dieser Weise mit sich umspringen ließ, während die Leute bei jedem Fußtritt oder Schlag, den man ihm verpasste, begeistert Beifall klatschten, und desgleichen, wenn seine beiden Aufpasser an den Ketten zogen, um ihn zu Boden zu reißen. In diesem Fall schwoll der Lärm dermaßen an und wurden die Schreie und Beifallsbekundungen so laut, dass das Dröhnen der Kapelle, die inzwischen ein eher lustlos swingendes Stück in Angriff genommen hatte, beinahe unterging. Ich fragte mich immer bedrückter, was wir eigentlich hier machten, gleich würde es auch noch zu schneien beginnen, und spätestens dann wollte ich mich keinesfalls mehr auf diesem Platz befinden. »Wann bekommen wir denn meinen Großonkel zu sehen?«, fragte ich mit kaum verhohlener Ungeduld, woraufhin der Polizist mich mit einer beschwichtigenden Gebärde aufforderte, Ruhe zu bewahren, er schien sagen zu wollen, dass wir warten sollten, bis das Stück zu Ende war, um dann, ohne die Schauspieler zu stören, auf die andere Seite hinübergehen zu können, wo zwei ärmlich gekleidete Männer zu sehen waren, die sich am Eingangstor eines Gebäu des zu schaffen machten. Die beiden besserten irgendetwas an der Wand aus, eine Stromleitung, einen Wasseranschluss, eine Stelle, wo die Farbe abgeplatzt war; was vor allem auffiel, war jedoch, dass sie ganz offensichtlich tatsächlich arbeiteten und als Einzige dem Bärenfest ihre Aufmerksamkeit verweigerten. Von dort, wo ich stand, nicht allzu weit von ihnen entfernt, konnte ich erkennen, dass einer der beiden ein alter Mann war, durchaus so alt, wie Oriol jetzt sein müsste, und auf einmal war ich mir sicher: Das war er, und sobald das Stück zu Ende wäre, würden wir zu ihm hinübergehen; wer, außer einem Häftling, wäre auch ausgerechnet an einem Tag wie diesem mit einer solchen Arbeit beschäftigt? Ebendas wollte ich gerade zu dem Polizisten sagen, als mich ein heftiger Stoß traf, der mich fast zu Boden warf; zwei der weiß bemalten Jungen hatten es ein wenig übertrieben und waren vor dem ölverschmierten Bären so überstürzt zurückgewichen, dass sie auf meinem Ärmel und auch am Hosenbein des Polizisten weiße Streifen hinterlassen hatten. Zur selben Zeit ertönte ein fast hysterischer Aufschrei, denn der Bär, den alle so schlecht behandelten und vor dem sie gleichzeitig kreischend Reißaus nahmen, war erneut zu Boden gegangen, kaum einen Meter von uns entfernt, und versuchte jetzt, sich wieder aufzurappeln, freilich ohne darüber seine Rolle zu vergessen, im Gegenteil, er spielte weiter den wütenden Bären, der – völlig harmlose – Prankenhiebe austeilte, was insgesamt so gar nicht zu dem jämmerlichen Anblick seines geschundenen Körpers passte. Aus der Nähe konnte ich nun erkennen, dass es sich um einen schon älteren Mann handelte, woraufhin er mir nur noch mehr leidtat; unter den Lumpen war sein knochiger Rücken zu sehen, der zeitweilig, je nachdem, wie der Mann sich bewegte, völlig ungeschützt der Kälte preisgegeben war. »Wie kann man so mit diesem Mann umgehen?«, sagte ich zu dem Polizisten. »Der hat ja nicht mal etwas Richtiges an, bei der Kälte.« Der Polizist sah mich auf äußerst merkwürdige Weise an, sein kalter Blick machte mir fast Angst. Doch als ich ihn gerade nach dem Grund dafür fragen wollte, schlug der Bär bei dem Versuch, sich aufzurichten, erneut der Länge nach hin, diesmal unmittelbar vor unsere Füße, so dass ich sein schmieriges Haar und seinen wirren, dreckverkrusteten Bart und seinen zahnlosen Mund erkennen konnte, aus Letzterem drang, wie mir auf einmal bewusst wurde, während der ganzen Zeit ein Geräusch, das wie das Brummen eines Bären klingen sollte; da tat mir der Alte dermaßen leid, dass ich mich, ohne mich weiter um die ungeschriebenen Gesetze dieses Festes zu kümmern, zu ihm hinabbeugte und ihn unter der Achsel fasste, und während ich an ihm zog und versuchte ihn aufzurichten, sah ich, dass sein freies Bein, das ohne Kette, in Wirklichkeit ein Holzstumpf war, und als er schließlich mir gegenüberstand, unsicher und schwankend und jederzeit gefährdet, erneut von den Ketten zu Boden gerissen zu werden, und sein Blick auf den meinen traf, ging auf einmal die Welt um mich herum in Stücke. Ich sah in die Augen meiner Mutter und meines Bruders, ich entdeckte meine Gesichtszüge in seinem Gesicht, ich sah den leidenden Ausdruck, wie ihn so nur einer aus unserer Sippe zur Schau stellen konnte; ungläubig drehte ich mich zu dem Polizisten um, aber dessen Ausdruck war weiterhin wie versteinert, da war nicht die kleinste Stelle, die mir Zulass gewährt hätte. Wieder sah ich Oriol an, während um uns herum die Leute schrien und seine Aufpasser an den Ketten zerrten, das Fest verlangte seinen Bären zurück, den ich unter der Achsel hielt; er betrachtete mich mit leerem, fast schwachsinnigem, trostlosem Blick, einem Blick, der mich sprachlos machte, mir den Boden unter den Füßen wegzog, mich meiner letzten Kräfte beraubte, und da ließ ich los, ich ließ ihn ziehen, gab ihn der Menge zurück, die sehen wollte, wie er stolperte, stürzte, zusammenbrach.